寒さの夏は

Kazari Masayo
錺　雅代

編集工房ノア

「寒さの夏は」　目次

装幀　森本良成

くちどめ

十一月には、農作業が一段落する。

山と積まれた米俵が運び出されると、例年ならどこそこの誰が、東京方面に出稼ぎに行ったなどという茶飲み話で、囲炉裏端《いろりばた》がにぎわう季節のはずである。

昭和三十五年のこの年はそれどころではなかった。

裏の分家の加奈叔母がとうとう入院した。手術をするかも知れない。した方が早く治ると大人たちは声をひそめて言っている。

県庁所在地秋田市の町はずれにある病院へは、バスや汽車を乗り継いで約二時間はかかると、長姉の康子が耳元で教えてくれた。康子は去年の春に秋田市の高校を卒業していた。

高校二年の次姉洋子と中学二年の祐子は、学校に行っている時間が長いこともあって、詳しいことは知らされていなかった。小学四年生の妹恭子は、こんな時でも家に帰ると学校で習った歌をうたっていた。

入院といえば、祐子は一年前に、オタフク風邪をこじらせて秋田市の病院に二週間入院をした。そのあいだ、母を独占した。友だちや学校の先生が、本や、花を持ってお見舞いに来てやさしくしてくれた。話の中心になれたし、わがままが通る。入院は祐子の中で、悪くはない思い出となっている。

加奈叔母のことになると話はまったく違うようだ。

入院と決まって、両親と祖母はいよいよ口が堅くなった。

白髪が増えたことから、父は髪を極端に短く刈り込んでいた。ひたいに彫刻刀で彫ったような数本の皺があった。そのごま塩頭を振りながら、娘たちが加奈叔母を見舞いに行く必要はないと言い続けた。

手術の日から、付き添いのために母が泊まり込んだ。

豪雪地帯の十一月はすっかり冬空になる。

少しのあいだ晴れると、大人たちは束の間の幸運に背中を温めながら残りの野良仕事を急ぐが、みぞれ混じりの雨が降り、北西の風が強くなると、恨めしそうに鉛色の空を見上げるしかない。何日も降り続けば、雨がいつしか雪を呼ぶ。

母の留守に父は康子に手伝わせながら、天気にせかされるように家の雪囲いをした。建って百年あまりにもなる家だと聞かされて育った。ところどころで戸障子の寸法がずれるところもあったが、黒光りをした柱や梁は、子ども心に風格とはどんなものかを、無言で教えるのであった。山水の絵が描かれた布張りのふすまは、締め切ると部屋がまっ暗になり、子どもが座敷に入ることを頑なに拒んだ。

大きな家が多い集落だった。親の代から受け継いだ家を守るために、人々は競うように建物に雪囲いを施した。屋敷うちの植木にも囲いをするから、祐子の家では日曜もなく父と康子の二人は忙しそうに動き回っていた。高校卒業後もしばらくは長い三つ編みを垂らしていたのに、最近、短く切ってパーマをかけた。ついこの前までは、祐子たち妹の仲間であったはずの康子が、手拭いをかぶって父のうしろについて萱《かや》や藁《わら》の束を担いで歩く姿を見ると、急に母に近づいてすっかり大人に見えた。

きっちりとワラ束を押さえた杉の長木や、萱束を絞めた縄を見ると、父がいかに気を入れて、跡取り娘に教えたかよくわかると、父の妹や弟たちが祖母と語っていた。入れ替わりに加奈叔母を見舞い、バスを乗り換えて祖母を訪ねて来る。

「手術をしたからもう大丈夫だ。今は昔と違って医者も薬もたいしたもんだ。ええ薬ができたとよ。ええ先生いて、新しいやりかたの手術してくれると。悪いとこは、バッチリと取ってしまうから、治りも早いんだとよ」

祖母は答えながら、時折り、微笑を浮かべた。

着物の襟元をゆったりと着こなした祖母が、ストーブの向こうで顔を赤らめながら、どっしり座って物を言うと、それは、誰の耳にも疑いようのない真実に聞こえたに違いない。

叔父叔母たちがはるばるやってきて、若い若いとおだてながら六十五歳になる祖母を誘っても、当の祖母は、加奈を病院に見舞いには行くことはなかった。

「汽車だのバスだのって頼りない足で行かねくたって、ちゃんと家の者が行ってくれてるから安心だ。オラだ、血圧が高ぇし、そんた所さは、あんまり行かねほうが、ええんだって」

問う人ごとに、そのように答えていた。

末の娘を思いやるより、自分の体が大事なんだ。そんなことでわざわざ行きたくない。体をこわした娘のそばに行くのが怖いに違いない。

反抗期の祐子には、祖母がこの上ない横着もので臆病ものに見えた。祖母の顔に真向かうと言わなくても良いことまでも、口走る。

「子どもにはうつったらたいへんだからって、行ったらダメだって父さんが言うのに、母さんにはうつってもええのか？」

スッとするだろう、と思って一度は祖母に怒鳴ってはみたものの、あとで家中の障子を破り回りたいほどの自己嫌悪に襲われたことがあって、それ以来は黙っていることに決めた。

「ばあちゃんてば、加奈叔母さん、女で、末っ子なのに、あんな大きな分家を出してやるくらい可愛がっているくせに、なして看病も見舞いにも行かねんだ」

「母さん、貧乏くじなんだ」

「農家の長男の嫁は一生つらいんだなあ」

二人の姉は、薄暗い電灯が一個ついたきりの、広い台所で夕食の支度をしていた。

洋子が不服そうなもの言いをすると、パーマ頭に手ぬぐいをかぶった康子は適当な相槌をうつ。

その日は東京から叔父が見舞いに来て、この家にも立ち寄ることになっていた。祐子は、いつものようにかまどと風呂の火の番をしていた。燃え盛っている火に、わざわざ折るほどもない柴を放り込んだりしながら姉たちの声に耳をそばだてていた。

結婚して町に住む叔母たちは、きれいな服を着て遊びに来る。そしてきまって米や野菜を持てるだけ貰って帰る。母はいつも汗臭い野良着で動き回っている。おまけに独立したはずの義妹の看病までさせられている。祐子は、母が貧乏くじだなんて、康子姉はうまい表現をするものだと思った。

ふたりの姉たちは、いつの間にかたくさんのことを知っている。特に康子は洋子にいろいろと教えているようだった。

「母さんは私たちには、分相応に、分相応にばっかり言って、かなりケチだべ？　今ではタダの水飲み百姓と同じことだ、なんて言ってさ。あの、裏の家、加奈叔母さんとおじさん二人には分不相応だよ、まったく。今どき家なんか建てようと思ったら、高いんだから」

かまどの前から祐子が大声で言う。仲間のつもりだった。

洋子が皮を剝き終わったジャガイモを、ポンプで汲み上げた井戸水で、ジャブジャブにぎやかに洗っている。

「ああ、水、冷たい。十一月だもんな。なんぼう井戸でも、ああ、冷たい」

「冬だよな。母さん病院で洗濯物、毎日たいへんだべな」

台ふきんを絞りながら、康子もはぐらかしているように聞こえた。チラリと祐子の方を見る。

「水のこと言ってねえよ。裏の家のこと。姉さん、知ってるんだべ？　ほんとのこと」

康子の視線につられて、つい荒々しく口を挟む。二人の姉は同時に祐子を見た。声にはしないがあっちへ行け、と言う顔だ。

「黙ってるから。なぁ、私、誰にも言わないから。教えてくれたってええべ？」

「聞きたいか？　誰かに言えば絶交だよ。姉妹だって絶交だから」

「信頼の問題だもの。あんたが子どもをやめれば教えてやってもいい。なぁ、姉さん？」

洋子が念を押した。

「子ども？　何、それ？」祐子はそんな表情をしていたはずだ。

「教えてやる。その代わりに、今後はカナカンチャと呼ばないように。それは赤ちゃん言葉だから、耳障りだから」と、祐子に約束をさせようとした。

「えーっ、赤ちゃん言葉？」二人の姉のあいだでは、そういうことになっているらしい。

「誰でもだれでも、言ってはなんねぇことが多いんだな。この家は」祐子が返すと、

「当たり前だべ？　それが家の歴史というもんだ」

あごをクッと上げた祖母のような姿勢で、康子は祐子をそばに手招きした。


大きな分家を建てることは、祐子がまだ生まれてもない終戦の年の一月に、卒中で急死したじい様の遺言だった。

病弱な加奈を嫁に貰ってくれる者は、村には、いねえべなぁー、とこぼした祖母を前に、じい様は加奈を呼び寄せて断言したそうだ。

「貰ってもらうだどって、貧乏くせぇこと言うな。分家一軒建てるのに何ほどのことがある。加奈には婿を取ってやる。まずは早く丈夫になれよ」

周りには、家族の者が大勢いたという。父だけが戦地に行ってその場にいなかったそうだ。父が留守の間にじい様は死んだ。

じい様が亡くなる数年前に、じい様自慢の海軍将校の末弟が胸を患って帰郷した。奥さんと二人の子どもを連れて。

都会では空襲が激しくなるかもしれないと、疎開を兼ねていた。その末弟は土蔵の二階で、産みたての卵を吸う力も失って、間もなく寿命が尽きた。仏事が一通りすんだころ、看病に疲れたのか奥さんが倒れた。これもまた土蔵の二階に寝かされたものの、わずかのあいだだった。母親の死後に二人の子どもたちのうち、女の子は遠い村の素封家にもらわれた。一人残った下の男の子は年齢の近い加奈になついて、夜は一つ布団で寝るようになった。末っ子だった加奈はこのいとこを弟のように可愛がっていたのに、冬のはじめの風邪がもとで、アッという間にこの男の子も亡くなった。衝撃のあまり加奈はしばらく寝込んだという。

じい様は、物資の無いときに、葬式ばかり出した。

そして死病の筋と世間からうしろ指を差されるのを極端におそれた。

「葬式出すくれえなら、分家を出すなんど、気持ちええど」

豪快にカラカラと笑いながら、自家製のどぶろくをゴクゴクと美味そうに飲んだそうだ。

祐子は加奈叔母の家の新築を記憶している。まだ小学校に上がっていなかった。

普請場が好きな子どもだった。カンカンと木を打つ音や、キビキビと人が動くのを見るのが心地よかった。ひとりの若い大工が、祐子の前掛けを広げさせてたびたび木っ端を持たせてくれた。帰ると加奈叔母が、釘や、金槌を出してくれた。村には幼稚園がまだ無かったから、屋敷の隅の普請を見ながら一日中遊んでいた。加奈叔母がいっしょのことが多かった。ようやく口が回るようになった時以来ずっと「か・な・こ・お・ば・ちゃん」が詰まった「カナカンチャ」と呼びつづけていた。

婚礼の日のカナカンチャはきれいだった。お婿さんはあの若い大工だった。

小学校に上がるようになっても、祐子はカナカンチャと遊んだ。

山吹が黄色に咲いて枝が重そうにしなった垣根の向こうに、カナカンチャの新しい家があった。白いカーテンを広い窓いっぱいに掛けていた。家を見に来た村の人たちが、上がり込んで、なんとはぁ、ハイカラだこと、と誉めてくれる度に、幼い祐子は自分のことのようにうれしくてたまらなかった。

母は「カナカンチャのとこばっかしでねく、だれか他に遊ぶ人はないのか」と時おり眉をひそめた。なぜ母がそんなことを何度も尋ねるかわからなかった。

裏の分家に遊びに行くと、七輪に小さいフライパンをのせ、小麦粉をこねて焼いたホットケーキという名前のお菓子をもらって食べたり、瓜こ姫や、カチカチ山の昔話を聞いたり、二階の窓に頬杖をついて、波打つ稲田を眺めては一人で過ごしたり、加奈叔母に学校で習った勉強や、歌などを披露したり、することがいくらでもあった。毎日、時間はすぐに過ぎていった。それなのに母の「だれか遊ぶ人はないのか」の声がしだいに子ども心に強く焼き付いた。

小学校も二年生くらいになると、ようやく友だちに慣れて、遊びに出ることが多くなった。母は、一日中クルクルと働いていた。家のこと、農作業、親戚付き合い、子どもたちの学校、地域の婦人会のことまでも……。それなのに祐子がカナカンチャの家に遠のいたことを知っていた。それをとても利口なことだと誉めてくれた。友だちを連れてくると、砂糖の付いたビスケットなどお菓子を出してくれたりした。

そう言えば中学生になって二度目の夏休み前のこと。

短縮授業で早く帰宅した日だった。

おもての道路から裏口に向かって自転車を押していた。

百日草が色とりどりに咲いている。赤や黄色。濃いピンク。ひまわりの黄色も目に付いた。もう少ししたらお盆が来る。盆花用に母が丹精して育てたたくさんのグラジオラスも、朱色に咲きはじめている。鳳仙花までまっ赤に盛り上がっていた。自転車を停めて見ると、池の周りには青い露草が群れている。

「ふーん、夏は原色ばっかり。なんともはぁ、いなか臭い色だこと。ふんわりとやさしい色の花はないのかな」

独り言を言いながら敷地内の花を見てウロウロと北はずれまで歩いていくと、窓からこっちを向いているカナカンチャと目が合った。

「ユッコォー、よく来た。さあさあ入って入って」

加奈叔母は、まるできのうの続きのように手招きをしてくる。そう言えばずいぶん長い間、顔を見ていなかったのに。クラブの練習、中間テスト、友だちとのおしゃべり、クラブの試合、期末テスト、他にも色々あって、正直なところ加奈叔母のことは九十パーセント以上忘れていた。

玄関に入ると、大工おじさんの道具が並んでいる。幾枚かの杉板にニスを塗って、壁の腰板に立て掛けてあった。木と塗料の懐かしい匂いがした。土間の片隅には、まだ新しい土の付いたジャガイモがひろげてあった。

「ユッコがさっぱり来ねえから、なんとしてるべなーって思ってらった」

満面に笑みを浮かべる。簡単服と呼ばれる花柄のワンピース姿だった。

「元気だよ。中学校ってなんだかいっつも忙しいんだ」

「中学校って、戦争負けるまでは、男ワラシしか行くとこでねかったんだどもな」

「おなごワラシコは女学校かな？」

「オラぁ、小学校しか行ってねぇ」

消えるような声だった。そしてカナカンチャの姉たちのことを「汽車で町の女学校さ通ったもんだよ。それも朝晩に、若勢《わかぜ》さ送り迎えさせてな」と途切れながら言う。

住み込みで、農作業の合間に家の用事もする若勢という若者たちがいたと聞いたことがあった。祐子の知らない幼い日の加奈叔母は、いつかは自分も町の女学校に行こうと思ったのだ。行けないと決まった日の、胸の裡を想像した。だが、行きたいのに行けなかったのはなぜだろうと思った。戦争がひどくなったからなのだろうか……。

話しながら加奈叔母はひどく咳き込んだ。雷のような音で痰を出した。掌大に畳んだ新聞紙を隠すように脇に置いて肩で息を整えると、またもとの穏やかなカナカンチャに戻った。

ひとしきり世間話をしたあとで、祐子をじっと見る。色白の丸顔に、祖母によく似たパッチリとした目で吸い付くように見つめる。丸顔の輪郭をなぞるように、長い髪を三つ編みにして頭の周囲に巻きつけている。正面から見ると、まるで帽子をかぶったようだよ、などと祐子が笑うと、帽子でねぇべ、鉄かぶとだべ、と笑い返した。

今では以前のように本家の農作業を手伝うこともない、時たまに針仕事をするくらいだ、これということもしないで、一日家に居るのはうれしいことでもなんでもない、などと言いながら祐子を上から下まで、また首を傾げて左から右から丹念に眺める。

「なにぃ、何かついてる？」

「いいーや、なーんもついてねえ。ちっちゃぁ、めんこいユッコだったず、大きくなったな、と思って」

カナカンチャは突然、声を殺して泣き出した。やがてすすり泣き、しゃくり上げる。

祐子は途方に暮れた。言いようなく気味が悪い……。

目の前で、今しがた笑った大人が泣いている……。このままでは帰るに帰られない。

何と言ったら帰れるだろうか。

カーテンは、濃淡の青みどりの葉が散らばった柄物になっていた。窓枠がこんなに低かったのだろうか。祐子の身長がずいぶん伸びたせいだ。百五十七センチもある。毎日来ていたころと比べたら、大きくなったと、言われるはずだ。

窓の外には大工おじさんの盆栽鉢が幾つも並んでいた。ワラシコ無いなら、木でも可愛がっていたらええべ、といつか祖母が言っていた。一鉢ずつ目で追った。サツキや松は一目でわかるとして他に、枝ばかりがやたらと横に伸びた珍しい鉢もあった。高い杭に巻きついたノウゼンカズラの蔓から、幾つも幾つも朱色の蕾が開こうとしていた。明日を信じて疑わない形だ。ノウゼンカズラの若い蔓のように、祐子の視線もしがみつくべきたよりをもとめて宙を這う。

「ユッコォー、田中スミ子って先生いるべ？」

「いるよ、保健の先生だどもぉ」

泣き止んでいつのまにか機嫌を直したカナカンチャに向かって答えた。祐子は幼いときから人の目をまっすぐに見過ぎるとよく言われていた。加奈も挑むようにじっと見返す。この癖は叔母との仲が良すぎた時代の名残なのだ。祐子は納得した。

「あの田中スミ子は、昔の小学校の同級生だよ。大した勉強できる人では、ねかったども、今だば、先生だってか」

「いい先生だよ。朗らかで、チャキッチャキッとしてて、な。それでどうしたんだ、その田中先生」

間髪を入れずにものを言うのも、はしたないと、何度か母に指摘されたこともあった祐子の癖だが、しばらく言い淀んでから、カナカンチャは続けた。

「ユッコだちなー、学校で保健の時間に女ゴの生理って習うんだべ？」

一瞬答えにつまった。

何を聞くかと思った。日本が戦争に負けて、世の中変わったとは言え、その翌年に生まれた祐子の年齢しか実際の時間がたっていない。生理のことなどは、友だち同士でもまだ小声で話す雰囲気でしかなかった。

カナカンチャは普通の声で聞く。

祐子は「ウン」としか答えようがなかった。

「ユッコは、ちゃんと生理があるのか」

これにも「ウン」と答えるだけだ。

「ふーん、そうか、よかった。よかったなあ」

この時も、「ウン」と言いながら、母親でもない人がここまで聞くなんて、真意を測りかねていた。そしてまたじっと目を見返した。

「よかったなあ、ユッコー。ちゃんとした大人になって。……だどもぉー、ええなー、ユッコは」

「どうしたんだ、どうしたのぉ？」

再びすすり泣きを始めたカナカンチャは、涙と鼻汁を前垂れの端で拭った。

「……オラぁ、今だば、生理ってものねぇんだってば。なんぼう汚くったてええ。なんぼうヤバッチくってもええ。生理があればええのに……、あれば……オラだって……」

吸い込んだ息を吐こうとして思わず呑み込んだ。大人なら毎月生理があると思っていた。結婚していたらなおのことと……中学二年生の祐子は信じていた。

女子だけを集めた保健の時間に田中スミ子先生は、生理があるのは一人前の女性の証拠です、と教えてくれたではないか。突然、祖母の薄笑いの顔を思い浮かべると、その場にいたたまれなくなって、どういう挨拶をしたかも忘れたが、早々に退散した。

加奈叔母と話をしたのは、これが最後だった。

加奈叔母は寝たり起きたりしていたそうだ。

肉じゃがやポテトサラダ、煮魚などのおかずの他に、鶏小屋から取って来たばかりの卵などを持って、母と祖母は裏の家に毎日、日暮れになると通っていた。ゆっくり休養を取ることと、滋養のあるものを食べることが何より大事だと言った。

たとえ、父が行くことがあっても、祖母は私たち姉妹にはこの使いを頼まなかった。日暮れに、小鉢に盛った肉や魚のおかずを持ち歩く父の姿は、いくら屋敷続きでも、幼い頃から植え付けられた親方のイメージからは、ほど遠いものだった。日暮れに仕事から帰ったところを祖母や母に呼び止められると、父は頷くだけで、裏の家に向かっていたのだから。

娘たちには家の用事がことごとく回ってきた。テスト中でも、クラブの試合の日でも、分担の家事をしないことには、学校に行けない雰囲気だった。家の中が緊張していて、一人でも好き勝手を言う空気ではなかった。

雪まじりの冷たい雨が降る十一月のある日に、とうとう加奈叔母は入院した。学校に行く娘たちには、一切関わりなく事は進められた。

手術をすると決断したからには緊急を要する状態だったらしい。

叔母の話題を祖母が最も嫌がった。

母は、付き添いのため幾日も家に帰らなかった。

父も、加奈叔母の顔を見にしばしば病院へ行った。

行かないのは祖母だけだった。もはや誰も祖母を誘わなかった。

祖母は日がな一日ストーブの番をした。番をしながらテレビばかり見ていた。新聞の星取り表を見比べながら、後に大鵬・柏戸となる若い関取りをしきりと応援した。

台所で、姉二人は夜の片づけをしながら、祖母がよくもこんな時に相撲だなぁと、声をひそめた。

「誰が誘わなくたって、一回くらいばあちゃんも病院に行くべきだよ」

「これは、家の問題だからサー、私たちからは言えないよ。本来ならシンゾクのギワクフッショクのためばあちゃんがソッセンしていくべきなんだ。第一、病気が病気だしさ」

洋子は胸を両手で強く押さえた。

姉たちは中学生の祐子を仲間に入れてくれたものの、理解できないほうがかえって幸いとでも言いたげに、わざと難しい言葉を使った。そして加奈叔母が本当はどこが悪いのかさえ、話してくれようとしなかった。

胸……。胸？　祐子の背筋がスーッと寒くなった。


祖母は前から寺参りをよくしていたが、このごろは、ますます足繁く出かける。さい銭が要るから、と言って父から小銭をもらっていた。チャラチャラと音をさせながら、黄八丈だという巾着のひもをキュッとしごいて縛った。ふところ深く巾着を納めると、数珠を入れた小袋を提げて立ち上がった。日中は開け放している戸口から見える低く垂れ込めた雲からは、いまにもみぞれかあられがふりそうだった。

「そんな小銭で神様、仏様、観音様、地蔵様、阿弥陀様にお釈迦様、おしら様までばあちゃんのいうこと聞いてくれますか、ね」

祐子は口走った。上がり框に出ていた父が手で制したのを視野の端に入れながら、自転車を押して裏口から走り出た。まるで捨てぜりふだ。その週は生徒会の週当番に当たっていた。雪が降れば自転車は危ない。時間がないからいいか、理由を考えながら学校への道を急いで走らせるうちに、祖母への得体の知れない腹立たしさは消えた。

夕食のあと、朝のことで父に叱られた。神仏にものごとを頼むのは、非科学的なことだと祐子に諭した数年前の言いぐさとは重ならない。しかし祐子は口答えをする気にはならなかった。

祖母のお寺参りに幼い祐子は上機嫌でついて行った。

お下がりの甘いものを喜ぶ祐子を、祖母はたびたび誘ってお寺に参った。

本堂に上る広い階段が素足には冷たい季節だった。

明かり障子の裡に、台座に乗った撫で仏が安置されてある。黒光りしたやや小さな仏像で、仏さまというより、そこらあたりのおじいさんの顔に見えた。赤い頭巾に赤いよだれかけをして、寄進した人の名前が墨で黒々と書いてあった。

お参りを済ませた帰り際に、わずかなさい銭をあげて、村の人たちは赤いよだれかけをめくり上げては、我が身と撫で仏を交互にさすっている。幼いころから見慣れている光景だった。

「痛いとこ、悪いとこ、撫でて、それから何回も仏さま撫でるんだ。こうしてな」

祐子も、しもやけができませんようにとの思いを込めて、自分の素足と、仏像の足の部分を交互にさすっていた。突然場違いな怒りの声が近づいてきて、本堂の板敷きに響き渡った。

「祐子は、やめれ。そっだらことしてはなんね」

庫裡の扉を開けて出てきたのは、父だった。住職に会いに来ていたらしい。父の足音なのか、廊下の古い板が軋むのか、物音が父の声よりも恐ろしく聞こえた。

二ことと三ことを祖母に早口で言うと、父は有無を言わせずに祐子の手を引いた。歩けば五分余りの帰り道に父は語った。先ほどとは打って変わって落ち着いた声だった。

「撫で仏は、ワラシコはやらねくてもええもんだ」

「なして？」

「なしてかって？　ばい菌つけた病人が、手も洗わねで撫でたとこ、なしてワラシコが撫でる？　それだからトラホームだのタムシだのって、うつるんだ、わかったか？」

「ばあちゃんは？」

「ばあちゃんは、ばあちゃんだ。ちゃんと考えてしてることだ。祐子が真似することねえ。非科学的な非衛生的なことと信心とは違う」

ヒカガクテキ、ヒエーセーテキということは、あとで大きい康子姉さんに聞いたら教えてくれるはずだ。お寺で子どもは、ばあちゃんの真似をしてはならない、ということなのだと理解をした。幼い祐子にとって父はいつでも正義だった。その父がおだやかに言う。

祐子はしだいに祖母の信心とは距離をおくことになり、成長するに連れ、祖母を冷ややかな目で見るようになり、ついには外で神仏を頼ることはよくない。あるいは非科学的で正しくない、と解釈が少しずつ変化していく。もっとも、父は檀家の総代をし、家では仏壇や、神棚を大切にしていた。

中学二年のその夜に諭されたことは、オマエが宗教というものを知るもしねぇで、ばあちゃんに向かって、立ってああいう口をきいてはならぬ、だった。

姉妹たちはストーブの周りで、編み物をしたり本を読んだりしていたが、父が特に言い聞かせたのは祐子にだった。祐子は自分だけが代表のようにして注意されるのが口惜しかった。姉たちも陰では、祖母が見えない仏様にお願いするより、見える加奈叔母の顔に向かって優しい言葉のひとつも掛けるべきだ、などと非難していたのを知っている。ここではふたりとも素知らぬふりをしていた。

母の留守に、父に逆らって大きな声を上げるのは良くない。後日、仮に父は言わなくても祖母が母を叱るに決まっている。編み棒を動かしながら耳を澄ましている姉たちの手前、祐子はただ神妙にしているしかなかった。

何があろうと祖母は病人の見舞いには行かなかった。


祐子も顔見知りの、父の幼なじみが父を訪ねてきた。国鉄に勤める人だ。顎ひもをほどいたラシャの帽子で肩の雪を払った。ついに降り始めたようだ。根雪になるだろうか。囲炉裏端に外の寒気がいちどきに入り込んできた。しばらく世間話をしていた。

祖母が茶菓子を出して「さあさあ、まんずまんず。寒くなってきたなんし」と、熱いお茶のお代わりを勧めていた。そんなことをしているあいだに、部屋の空気はもとの暖かさに戻った。

「小正月あたりに、国鉄の団体旅行で東京さ行くなだしども、人数が少し足りねぇなんし。なんただべな、おばあちゃん……」

板戸を隔てた隣の板敷きに移って、祐子は洗濯物を畳んだ。冬はなかなか乾かない。生乾きの衣類は、あの人が帰ったらストーブのある部屋のロープに移す。選り分けながら板戸の向こうに耳を尖らせていた。

「小正月だら、加奈も落ち着いてるべぇな、ばあちゃん」と父の声。

「そいだばはぁ、病人は日にち薬だものなんし」いそいそとしている祖母の声。自分がまた団体旅行ができると思いこんでいるようだ。

「んだなぁ、したら、こんどは、キミエだ。あれぁ、東京知らねぇもんな。んだな、ばあちゃん」

父が母の名をあげた。祐子は父が母のことも考えていることを知って驚いた。康子はいつも、「父さんはばあちゃん大事で、母さんは二の次ぎ。民主主義を無視した男だ」と言うのも知っている。母さんが病院から帰ってこれを知ったら、どんなにうれしいことだろうと思った。

一呼吸の後に、

「そら、キミエも一回くれぇは、東京見ねぇば、なんし」

祖母が同意した。祐子は膝の上で畳んだ衣類を置いた。これは大ニュース。康子姉さんに知らせよう。

蔵の入った所にある土間に白菜漬けを出しに行った康子のところへ、小走りで行った。夕暮れの空から、隙間なく灰色の雪が落ちていた。寒いはずだ。

翌朝、かまどに据えた湯釜から、洗面器に湯を汲んで顔を洗う。朝がこんなに寒くなると、動きが鈍くなる。背中を丸めながら顔を前に向け横に向け顔をふく。湯気で曇りがちの鏡を見ていると、ガサゴソと不自然な物音がする。家の裏から聞こえる。

薄明かりの裏口から出て顔をつきだして覗いてみると、祖母が一人、池の端で棒を振っている。

「何してるう、ばあちゃん。寒いのに。朝っぱらから」

不意に声を掛けられて祖母が振り向いた。

「椿の葉さ、雪降ってな。冷やっけべせ、って」

パシッパシッ、バシッと棒で椿の枝を打つと、ガサッゴソッと雪のかたまりが舞い落ちる。あられ混じりの粉雪が、足元にも五センチほど積もっている。祖母はワラの雪沓《ゆきぐつ》を履き、手袋もせず、冷やっけべ、さぶいーべ、なぁ椿ー、となおも打ち続ける。裸になった葉には、また新しく、乾いた音であられが鳴る。祖母の綿入れの丸い背中にも、あられ混じりの雪が降り続ける。大きくなりすぎた椿の木には、もはや雪囲いができない。大木の桜は花が咲いたように枝の先までまっ白だ。そのせいで空気が異様に明るかった。祐子は無言で家に入った。もしかしたら祖母は自らに口止めしていることを、椿を叩いて言い聞かせていたのかも知れない。まだ明け切らない光の中で、あの棒には椿を思う優しさよりも、何やらもっと強いものがあった。

加奈叔母の病気は、手術が効を奏して、回復に向かっていた。

十二月に入って間もなく、母は帰宅した。

「病院は海の傍でなぁー、日本海渡ったシベリアの風が、毎晩、毎晩、松林鳴らして、はぁー、なんともかんともおっかねもんだっけよー。オラだ、山の風しか知らねぇもんなぁー」

座り込んで開口一番の言葉だった。

天井から壁、障子、板戸と、どこを眺めても古く黒光りしている家の中を見渡すと、あとは待ちかまえている娘たちに、母は多くを語ろうとはしなかった。何かを期待していた祐子は少しがっかりした。

母が帰ると、家の中の空気は甘く生き返った。年末の台所に母がいるだけで安らいだ。

加奈叔母には寒さが大敵だからと、大正月には一時帰宅も退院もなかった。

祖母は元日に分家の大工おじさんを呼んで、雑煮をふるまっていた。おじさんは祐子と妹の手にお年玉を握らせてくれた。二日の朝にも来ていた。姉妹たちは居間いっぱいに広げた百人一首に誘ったが、やったことがない、と断わられた。そのかわりトランプなら、と言う。

七並べも、婆抜きも、めっぽう強かった。大きな声で肩を揺すって笑う。トランプを並べて持つ手の上で、急に大工おじさんのカードだけが小さくなったように見えた。太い指が祐子の持つカードの前でためらったりしている。本当に楽しいのかしら、この人。自分の奥さんがまだ病院にいるというのに。自分の奥さんが子どもを産めないと言うのに。

祐子はミカンを食べながら、チラチラと大工おじさんの表情を盗み見た。トランプの数字を透かしてみるようなふりをして。時には作戦を練っているように。仏間に置いた小さな木箱から取り出したミカンは、冷たく、身震いするほど酸《す》っぱかった。

大正月が終わり、七草、蔵開きなどと伝統の行事に追われるうち、一月十四日、小正月の歳取りの日が来た。暗くなりかけると早めに家族で年越しの膳につく。夜にはいよいよ母が東京に出かけることになっていた。団体旅行も夜行列車も初めてだ。家族が七人そろって、ややぎこちなさのうちに食事が終わった。

ストーブの前扉を開けて、母は火箸でオキを一個つまむと、桐灰懐炉に火を点す。小さな点だった火の色が、フーフーと小さく尖った母の息で、懐炉の先がまっ赤に熾る。容器に納め、パチッと音をさせて閉じると、ネルの布で包み、さらに毛糸の袋に入れた。それを背中に当てると、旅支度が整った。村の駅まで夜道を歩いて父が送っていくことになっていた。

「いってらっしゃい。東京でいっぱい遊んでおいで、な」姉妹はかたまって、台所を回らずに、直接上がり框から土間に降りて母を見送った。加奈叔母が小康を保っていてくれるのが何よりだった。

祐子は少し時間をおいて、一人で玄関の戸を開けて出る。雪除けに玄関の外に廻した蘆の簾《すだれ》を顔の幅だけ開けて覗く。ボーっとした暗い空間に、軒下の灯で照らされた部分だけに溢れるような密度で雪が降り続いていた。引き込まれるような深い灰色をした夜があった。身震いをひとつし、あわてて簾を閉めると、急いで家に入った。

また母不在の朝を迎えた。

祖母と康子が、前もって母が段取りしてあるとおりに、小正月の朝のおおよそを執り行った。

小正月の朝は、「粥の子《きや》」汁を食べる。

用意した粥の子の具は、前日の昼に母と焼いた栗、何日も前から塩出しをしたワラビやキノコ類、百合根、昆布、雪を掻き分けて畑のムロから取り出した大根、人参、山芋、他にもあったかも知れない。すまし仕立てにした粥の子を椀にいっぱい盛る。栗や百合根からほのかに甘みは出るものの、小学生の恭子や中学生の祐子には、どう考えてもおいしいものでもなかった。

「米も餅も何もとれねえ昔の飢饉《けかつ》を忘れねぇに、毎年小正月には、粥の子を食う習慣だ。今の言葉で言えば冬のビタミンや無機質の補給だな。じつに理にかなっている」

去年も、おととしも聞いた父の説明だった。

「母さん、今ごろ東京に着いたかな?」

妹の恭子が突然思い出したように声を出す。

「ああ、着いた、着いた」

もう言うな、の意味を込めて即座に父が答えたのと、康子が手で恭子を制するのが、ほぼ同時だった。祖母がズズーッとあたりに響く音をたてて汁を啜った。その音の意味も恭子には理解できない。

「東京って、雪が無いってよ。母さん、モンペはいて長靴履いて行ったども、草履だってカバンさ詰めて持って行ったんだよ」恭子はしつっこい。

祖母が言う。

「誰が東京さ遊びに行くもんだ、この寒い小正月に。なーんぼ雪降ってねえったても、寒中だもの、さぶいばーりだべぇ。何、おもしれえもんだって」

再び、沈黙の食卓になる。

食器を台所まで下げながら、康子姉は高校に出かけようとしている洋子に話しかける。

「だめだよ、恭子は、なーんもわかってないんだから」

「あれだけ母さんが、ばあちゃんさ言うなって口止めしたのになあー」

「ばあちゃん口惜しいんだ、旅行ってば、自分がいっつも行くもんだと思ってたんだからよ」

「父さん、えらいよ。決断したんだもの」

「ほんと、ほんと」

火の落ちかけたかまどに、豆殻を放りながら、祐子は姉たちの話に耳を澄ましていた。

洋子は「バスが来るーゥ」と土間を走り抜けていった。

祐子の中学校はまだ冬休み中だ。

「あっ、湯鍋、ストーブにかかってる。かまどの火は消ぇても良いんだ」

康子が、母にそっくりの言い方をした。


ストーブの前では、祖母が「馬の餅」を焼いていて、香ばしい匂いがしてくる。その横で恭子はこれで何回目かという「リボンの騎士」の漫画を読んでいる。

厩《うまや》の馬塞棒《ませぼう》から、馬が長い首を伸ばしてくる。土間に出ていた祐子は、馬の白い鼻柱を撫でてやる。

「もう少しだよ、待ってれよ。今日はおまえの正月だよ」

馬は労働力というよりも、家族の大切な親しい一員だった。岩手の曲がり屋とは厳密には造りが異なると聞かされているが、馬と暮らす点では、秋田も岩手も同じことだ。だれもが馬に家族のような物言いをした。馬の大きな眼でじっと見つめられると、何もかもばれてしまいそうな照れくさいときもあった。

掌大の馬の餅を十二個、藁苞《わらづと》に編んで囲炉裏のそばに吊してあった。

小正月だけの馬の大ご馳走なのだ。十四日の餅つきの日に、母がきな粉を取り粉にして丸めていた。餅が冷めてからワラに組むのは、祖母の仕事だ。餅と豆の粉の焼けるにおいは馬でも食欲をそそられるはずだ。土間では父が『田植え』と呼ぶ小正月行事の準備をしている。祐子は馬の鼻や首を撫でながら父を見ている。祐子の掌に馬の体温が伝わる。

年末の煤払いの時に集めたまっ黒な煤を、埃と一緒にイタヤカエデの箕《み》に移す。プハーッと細かい埃が舞う。節くれ立った父の指が、薄汚れていく。豆殻も揃った。

「ほーら、焼けたど」

祖母が焼けた馬の餅と粥の子汁の鍋を持ってくる。

裏に出ようとしていた父が戻り返してパッパッと手の煤を払うと、餅と粥の子汁を飼い葉桶に移して、馬に差し出す。待っていたように馬は首を振りふり食いつく。大きな歯や分厚い唇をモグモグさせ、唾液で粘った汁を垂らしながら食べる。瞬く間に、飼い葉桶の底はきれいになる。もっと欲しいのか、前足で厩の土間を掻く。この日だけは馬の餅が無くなるまでは、家族は餅を食べない。

「今度は昼だ。それまで待ってれよー」

馬に話しかけながら、父は『田植え』のために出ていった。

昼過ぎに『田植え』のあとを見に祐子はひとり外に出た。

いく棟かの建物があるだけで、屋敷うちはまっ白の一色だ。雪は地表の全てを隠す。白と空の灰色、裏山の杉の木は黒。無彩色以外の色は何もない。海抜ゼロのような雪の上に一箇所、煤掃き棒が突き立てられている。豆殻は苗のつもり。煤は種だろうか。パサパサの新雪にシーンと静まりかえっている。風で煤掃き棒のくたびれたワラが鳴る。撒いた煤が粉雪と共に軽く舞う。

年末の刈り上げの節句から、元旦の大正月、この小正月の八百万《やおよろず》の神々、山の神、田の神、地の神、水の神とその他あらゆる神々に平伏して、豊作を祈らずにはおられないのは、農耕民の宿命か。それほど飢饉や風水害と隣り合わせの古くて長い歴史があったのだ。種を蒔けば収穫が保証されるようなことならば、だれが祈ろうか。稔りが害虫にやられ、嵐にやられ、水に流され、生きるか死ぬかと困り果てた人々は盛大な祭りを考え出したのだと、社会科の先生が授業で黒板に「苦労」と「いのり」と書いた。チョークの大きな字が目の底からよみがえる。

静まり返った雪の上で、突然、学校の授業を思い出したのは、父の『田植え』神事のあとに立ったからだ。これで今年の豊作が約束されるものなら良い。もしも逆なら全ての苦労が無駄になる。徒労になる。

「豊作になりますように」祐子は心を込めて頭を下げずにはいられなかった。

吐く息の白い粒子まで吸い取られそうな静けさと冷気の中で、自ずと祈らずにはおられない気持ちが湧いてくることを実感して、中学二年生の祐子は、煤掃き棒と並んで雪の上に佇んだ。

突然、向こうの堆肥の上に餌をあさりに来たカケスが鋭く鳴く。寒さを思い出して祐子は身震いをする。

人間の頭を上空から押さえ込むように、雪雲が低く垂れ込める。冷え込んでいる上に、風がある。「夕方から荒れるべなぁ」つぶやいてみる。祖母がいつも言うせりふだ。

足が冷たい。ゴム長靴の底から体温が垂直に奪われていく。

小正月の二日目は朝から吹雪になった。

祐子と恭子は、ストーブのある居間に、座り机を運んで冬休みの宿題をしていた。

ストーブの上に餅焼きの網をのせて、小正月の餅をあぶりながら、勉強をする。

大正月の餅は、白い米の粉で取るが、小正月には黄色い豆の粉を取り粉にしているから餅焼き網からこぼれ落ちた粉は、豆を煎るように香ばしく居間中に漂う。

冬休みで餅が手近にあるあいだは、遊びや勉強の合間に餅を食べた。戸棚から醤油や砂糖をいそいそと出して来ては、片手では餅を食べ、おしゃべりをし、片手では思い出したように宿題の鉛筆を動かす。

家中の窓や雨戸ががたがたと揺れる。ヒューヒュービューッと電線や木の枝が鳴り続ける。雪囲いの萱《かや》やワラの束がワシャワシャと擦れ合う。裏山の峰みねから松の木や大杉の唸りが聞こえる。ゴォーッと家が根こそぎ揺れる瞬間がある。持ち上げられはしないかと息を呑む。学校が休みでラッキーだったねなどと言いながら、「雪おんなが山からおりてくるー」と祐子が恭子に近づくとキャーッと逃げる。祖母は「雪おんなだのっては言わねぇ、昔かーら、風のバッコって言うんだ」ムキになって横から訂正させようとする。祐子と恭子はそれでまた笑い転げる。祖母は急いで縫うこともない雑巾を手に針を動かしている。あたり一面何も見えないまっ白な中を、裾を引いた雪おんなが、両手を広げるだけ広げて袂を翻しながら宙を舞う。

「息がかかればその場で凍死するぞー、それ、ハーッ」恭子に息を吹きかけてストーブの傍で身振りを混ぜて笑い合っていたとき、病院から帰ってきた、と言って大工おじさんが父を訪ねてきた。大きな体中に粉をまぶしたようにまっ白だった。

雪おんなに取り憑かれたような固い目をしていた。奥の座敷から父を呼んだ。

来客はだれでもストーブの前に席を取るから、祐子たちは気を利かせてその場を退散した。せっかく場所を空けたのに、父と大工おじさんは土間で二こと三こと話をしただけで、吹雪の中に揃って出ていった。それからと言うもの、祐子と恭子と一緒に笑い興じていた祖母が急に黙り込んだ。それどころか用事もないのに、あちらの戸こちらの障子と開け閉《た》てをして行き来し、どうしても落ち着かなかった。

夕方最終のバスで洋子が帰っても、父は戻って来なかった。

「どれだけ汽車が遅れたかー。椅子もベンチも満員。暖房があるかないかわからない待合室や、汽車が入っても発車を忘れたようなホームで、もう友だちと話すことがなくなって、足が凍えたわ。汽車を降りても今度はバスが、もうのろのろ運転だもの、腹ぺこよぉー」

姉はいつものように報告をしているのに、祖母は相槌を打とうとしなかった。

母と父の二人が抜けるといっそう寒さが気になった。時折、電線が雪おんなの悲鳴のように響いた。食事をする部屋のカーテンの下にもサラサラの雪が積もっていた。ほんの微かな隙間も雪おんなは容赦なく見つけて粉雪を吹き込む。祐子はほうきを持ち出して塵取りに雪を掃き集める。

「父さん、どこさ行った?」

ひとり遅れて食事を済ませた洋子が、沈黙に気がついたが、祖母は答えなかった。代わりに康子が答えた。

「加奈叔母さん、急に悪くなったんだと。輸血がいるんだと。血ぃ、集めねばなんねど。それで、親類のとこさ頼みに回ってるんだ」

急に悪くなった、輸血、集める……何をどうするのか事情はよくわからないながら、部屋を満たす緊張は、餅のせいですこしも空腹を覚えないところに、夕食を食べてしまった祐子の胃に奇妙な感覚を強いた。

父のお膳を別にして、食卓をたたもうかと言い合っているころに、川向こうから父の妹が訪ねてきた。頭から被った雪まみれの角巻を脱がず、玄関にもっとも近い位置で上がり框に腰を掛けた。電気の明かりも届かない暗い土間に下りて、そばまで寄っていった祖母と小声で短い話をしただけで帰っていった。

思い出したような位置にポツン、ポツンとある街灯をたよりに、前後左右見境もなく地吹雪が吹きつける夜の橋を渡って帰るのは、祐子には想い描くだけでも億劫で怖ろしい。祖母は引き止めなかった。普段ならきっと送っていくはずの父がいない。

「懐中電灯持たせればよかった。あやー、気ぃ、利かねぇことだった」

しばらく口惜しそうにくり返しつぶやいていたが、川向こうの叔母も、貴重品の懐中電灯を甘えて借りることに気がつかないほど、ひとつのことに心を奪われてしまっていたようだ。

父の帰りを待たず、祐子は妹と枕を並べて床に就いた。吹雪の音はますます強まり、雪おんなが庚申様の祠の大辛夷《こぶし》の木を揺すっては、不安をまき散らして回っているような気がした。部屋の空気よりも布団の中は冷たく、いつまでも体が温まらなかった。小エビよりも小さく体を曲げて、腕で抱え込んでいるうちに眠りについた。

朝、雪がやんだ。

こういう日は声を掛けられたら、いつもより早く布団から出て、道つけをしなければいけない。水分を含んだ雪ならば踏みつけやすいし、降雪量が少なければ雪ベラやシャベルでどけられるのだが、パサパサとした吹雪のあとは踏み俵で踏むしかない。玄関から表の道へ、裏口から便所へ、土蔵へ、鶏小屋へ、薪小屋へ、そして何より加奈叔母の家に。

ところどころに吹き溜まりができている。その一方でどこが道かわからないほど、雪は吹き均されている。キチキチと鳴る雪の音が、ワラで編んだ踏み俵の底から縄のひもを持つ手に伝わる。蟹の横歩きのように雪を踏む。踏んだあとが道になる。加奈叔母の家は電気がついていない。昨夜はおじさんが病院に泊まり込んだらしい。まだ学校が冬休みで、仕事として言い渡されている雪踏みを急ぐことはない。垣根のあとらしい雪の盛り上がりの横に立って、窓も壁も板壁も雪まみれの暗い建物をしばらく見つめていた。

早い汽車で高校に行く洋子とならんで、父はそそくさと朝食を済ました。昨夜は何時に帰ったのか祐子には話すこともなく、再び加奈叔母の病院に出かけて行った。

そのあと祖母はいつもより長い長い時間をかけて、仏壇に手を合わせていた。座敷は寒いからもうこっちへおいで、ごはんにしようよ、と声を掛けるつもりで障子を開けると、線香や抹香のにおいと紫の淡い煙の満ちた中で、涙を拭う祖母の姿があった。小さな灯明の前で、祖母が丸く霞んで見えた。

日中は久しぶりの青空が見えた。

表の通りで、近所の子どもたちが遊ぶ声がした。

やがて青空がかげり始めた昼過ぎに、昨夜の川向こうの叔母が立ち寄った。町に出るために着て出た真新しい防寒コートを脱ぎ、顔を覆ったショールをぐるりと外して一緒に抱えると、ヨッコラショと居間に上がり込んだ。加奈叔母と比べてしまう。とても小柄な人だ。

輸血してきた帰り道、バスの停留場から戻り返して来たと言った。まっすぐに進めば橋を渡ってしまう。

家中に響く大きな声で話している。

「おっかなくなかったか？」

恐る恐る尋ねる祖母に、興奮していた叔母は、

「妹の一大事だ、みんながんばったでゃー」

などと尻上がりに言いながら、となりの集落にある大工の実家からは、誰と誰が病院まで輸血に出掛けたかを、祖母に報告をしていた。祖母も大声でいちいち相槌を打つ。思い出したように、あっちのだれそれは行ってってねぇねか？　と問う。

「A型の血液しかダメなんだ。違う型の血は、たとえ身内でもなんの役にもたたねんだってば」

「痛かったべ。血採って、体なんともねえかな？　腹減ってねえか？」

「なあんも、なんも。血採ってるそばで男の先生だば、『女性はこれくらいの血採ったって大丈夫。毎度毎度のことで女性は男性より出血に強いんだよ』だどって笑わせるもんだっけ」

あれもこれも尋ねないではおられないという表情の祖母に向かって、ケラケラ笑っている。この人は病気どころか風邪で寝たこともないと言った。

「あんなに、元気のいい者たちの血ぃ、採って入れたんだ、加奈はもちこたえる。ばあちゃ、あとはなーんも心配いらねぇよ」

祖母は、生卵を吸って帰ればええだの、蜂蜜飲んで行けだのとしきりと勧めては、しまいにうるさがられていた。川向こうの叔母はそれでも家に帰れば、ゆっくりもならね、と言って餅を食べ、卵も蜂蜜も飲んで帰っていった。

祐子は鳳仙花の咲く季節に、加奈叔母から聞いたことを母に話したのだ。生理の手当用の綿花をもらいに、両親の寝室になっている部屋の板戸をそーっと開けて入った。

「加奈叔母さん、今はもう生理ないんだって、私聞いたよ、じかに」

アッと言いたげな母の様子に、祐子は一瞬体を固くした。

「かわいそうなことだよ。それでもああして嫁になって、なあ。体が弱くて」

「母さん、知ってた？」

「……うん」

「父さんも？」

もっと渋ってから母の「うん」が返ってきた。

「ああ、母さん知っててくれてよかったよ。……んだら、あんな大きな家建てなきゃよかった。どうせ子どもが生まれないんだったら」

「だから、大きな家建てたんだべよ」

「なして」

母は一段と厳しい表情をして見せた。そして続けた。

「一番苦労したのは、父さんだ。ええ材木はみんな戦時中に供出したあとの普請だったんだからなあ。先の代の親方が約束したこと、ダメにするわけにはいかねぇんだから」

「ふーん？　無駄なものを」

「これは無駄と言ってはなんねぇことだ。ええな？　それよりも祐子、だれさも喋るなよ。喋っても何のトクにもならねぇことって世の中にはあるんだ」

母の言いつけを守って、実際、誰にも話さずに来た。生理のたびに、加奈叔母のことが脳裏をかすめることがあった。健康な中学生の祐子と病弱な加奈叔母がいる。


雪国の日暮れはことさらに早い。

その夕方電話が鳴った。村にはまだ珍しい電話だ。当然の役目のように康子が飛んできて取った。固い返事を二つ三つしてから、いぶかる祖母を無理やり電話口に出した。

唐突に祖母は大声で泣き始めた。

間近で祐子は祖母を見ながら、大人の泣き顔は醜いと思った。何をどうして良いかわからず、祐子と恭子は並んで、ストーブにどんどん薪を放り込んだ。ストーブの中では、やがて音をたてて薪が燃え盛った。燃えながら何度も勢いよく爆ぜた。ストーブの鉄板が赤くなった。

今まで何の為に……、
人から血まで貰って……、

ああ何にもならね……、意気地《ずく》なしが……、
何もならね手術して、痛ぇ目して……、
何にもなんねことのために生きてた者あるもんだか……、
神も仏も何もなんね……。
肩を揺すって泣きながら、聞いたこともない言葉を吐く祖母を見るのが辛くなった。
祐子は妹を促して、薪小屋に薪を取りに行くことにした。薪箱の底が見えていた。薪かごの紐を肩に掛けた。凍る日の雪道はキチキチと鳴る。うっすらと夜が追いかけてくる中で、手を伸ばして裸電灯を灯す。薪小屋には斧があった。ストーブの前から立ってきたばかりで、手はかじかんではない。土間に打ち付けるように手袋を放り投げると、祐子は斧を思い切り振り上げて、薪を割り始めた。クヌギの丸太はパックリとよく割れた。弾みをつけて振り上げる。重力に任せて斧を降ろす。エイッ、エイッ。凍える空気の中で重さのある刃物を振る。声にも力が入る。
割った薪がそこら中に散らかる。
泣き喚く祖母の顔を振りきりたかった。
外は急速に温度が下がり始めた。顔に当たる空気が刺すように冷たい。

加奈叔母が死んだ。

カナカンチャが死んでしまった。

敷地の北はずれにある薪小屋から、重くなったかごを背負って長靴が滑らないように確かめ、前屈みに踏みしめながら歩く。祐子は悲しいと言うより腹立たしく情けなかった。日が傾いた細い雪道で恭子が突然立ち止まって振り向いた。

「なぁ、あした、母さん帰ってくるぅ」


夜のうちに父は屋敷中の注連《しめ》飾りを外した。朝起きると、小正月のタラの割り木に、父に教えられながら祐子が「十二月」と書いた墨の字もまだ新しいというのに、長い注連縄とともに幾本も幾本も土間のかまどの横に積み上げてあった。

アルマイトの洗面器に指先が貼り付くような凍てる朝だ。土間の柱の温度計が零下十五度で赤いアルコールが停止していた。綿入れ半纏の前をかき合わせながら、祐子が白い息を静かに吹きかけると、目盛りは二つほど上がって止まった。止まるとすぐ下がろうとする。

雪囲いの隙間から、昇ったばかりの朝日が見えた。何日ぶりかの日の出だ。太陽を見ようと裏に跳び出て息を呑んだ。

《キラキラ》だ。

《キラキラ》が降っている。

ひと冬に一度も見るかという珍しい現象だ。空気中の水分が凍って、その微粒子が朝の光を映すダイヤモンドダストという気象現象だと知ったのはあれからずっと後のことだ。

それがあの時、見えていた。

朝日があとほんの少し高くなれば、消えてしまう。家々の煙突からもっと煙が立ち昇るときっと消えてしまう。消えるために現れる。

母や加奈叔母と一緒に、キラキラを吸い込んだり、白い息を吐きかけたりしたかった。どんなに楽しくうれしかっただろうと思った。きっと笑い合ったはずだ。

寒さの夏は

「ごめんください、こんにちは」

玄関の引き戸をうしろ手に閉め終えると、千歳は家の中を覗き込むように声を掛ける。土間の土が靴を待っていたような音がする。黒光りする大黒柱と、ガラスをはめ込んだ板戸とのあいだに細く斜めに隙間がある。母の生まれた家の、千歳にはなつかしい角度だった。

裏口から逆光を背負って塔子が現れた。

「ああ、千歳さんだね」

千歳の位置からは表情が伺えない。

「ほんとうに千歳さん、来てくれた。あー、よかった。待っていたところだったよ」

頭の手ぬぐいを外しながら、塔子が千歳のそばまで寄ってきた。

塔子からはいつでも、土の匂い、青草の匂いがたつ。

仏壇に手を合わせて居間に戻ると、塔子がお茶を淹れていた。塔子の父が生きていたときと同じように千歳は報告をする。飛行機が秋田に近づくあたりから、雲が厚く立ちはだかって、地上は一つも見えなかったの。すると塔子も数年前と同じ返事をする。

「おじいさんは、飛行機の話を聞くのが大好きだった。乗るとは言わなかったけど――」

そんなことを語りながら、塔子の話はなかなか本題に入ろうとはしない。


前の年十一月の下旬に神戸に住む千歳にいとこの塔子から電話があった。夜が更けていた。

「わたし、さっき病院から戻って……」

そこから始まった話が要領を得ない。

「さっきって、今、夜中よ。どうしたの？」千歳はうながす。

塔子の言葉の切れ間を辛抱強く待つ。

わかったことは、塔子の夫、大五郎が山で作業中に大怪我をしたことだった。救助されたのは数時間後。病院に運ばれたときには、意識が遠のき、血圧も下がり、衰弱の度合いがひどくて手術ができない。いまは様子を見ながら体力の回復を待つだけ。骨盤は大きく三つに折れていた……。

事故からはすでに二日が過ぎている。

「……なんとしたらいいもんだべかー。父さんが寝たきりになると思えば……。東京の太一郎さ電話したら、年末を控えたこの時期、休めないって言うし」

塔子の吐く息の音が受話器の中から千歳の耳に届く。

「息子たち、頼りにはならないのよ。『またか』って言うんだもの。なんとしたらいいべなー、最悪なら、田も畑も山も……」

消え入るような塔子の声。

千歳は受話器を握り締めながら、塔子に掛ける言葉が見つからない。大五郎が救急車で病院に運び込まれたときは夜中の九時を回っていた。すでに何度目かの雪が降ったあとで、寒い夜だったという。耳を澄まし、途切れがちな話をつなぎ合わせているうち、千歳の身体の奥からは小刻みな震えがおきていた。

闇の中で寝返りを打つたびに、温まった寝具のすき間から冷えた空気が入り込む。むりに目を瞑った脳裏に塔子が浮かぶ。集中治療室であらゆる最新の医療機器に見張られている塔子の夫・大五郎よりも、夜遅く病院から寒い家に帰り、広い家の一カ所だけ灯してひとり座っている塔子自身こそ、差し迫ってケアを必要とする人間だろう。大五郎はいったい何度目の怪我になるだろうか。そのたびに塔子が苦しむ。

「あんまりだれ彼なしには、なんとすべぇって言いたくないんだよ。だから」と断りながら、塔子は電話を切った。

塔子と同じ家で生まれた千歳の母は、虚勢を張らなければ生きていけない塔子さん、と呼ぶ。老いを理由に好きだった旅行をしなくなった母が千歳に言う。

「今度と言う今度は大怪我だね。大五郎さん、どんな顔でベッドに寝ているかねぇー。あんた、お見舞いに行ってきてよ」

千歳がようやく塔子に会いに出かけたのは、事故の知らせを受けてから九カ月もたっているお盆すぎになってしまった。その間に、何度も塔子を励まし、大五郎の回復具合を尋ねた。さいわい、寝たきりにはならずにすんだことも聞いていた。


千歳を前にしてなにも言わない塔子。

あの寒い夜、千歳は身震いをして電話に耳を澄ましていた。ようやく仕事の算段をして来たのに、当の大五郎は家にいない。間もなく夕方になる。涼しいと思っていた風が、もう寒い。千歳は二の腕を抱え込んで、前屈みにテーブルに肘をついた。

「窓閉めようか」塔子がぽつりと言って立つ。スイッチが入っていないテレビの画面に塔子が小さくなって映った。物音ひとつ聞こえない。セミの声も、鳥の声もしない。細い雨が裏庭の木々の葉を伝って落ちていく。塔子がガラス戸を押した。職場の空調に慣れた千歳には、こうした湿度の高い涼しさが肌に異質なものに感じられる。顔や腕に湿った空気が張り付く。座布団が湿っぽい。膝の裏からはべっとりと汗が噴きだすのに、腕には鳥肌が立つ。

「父さん、遅いなー。千歳さん来るのがわかっててこれだもの。また、だれかにつかまって、しゃべくってるんだ」

「バス？　何で行ったの？」

「自分のクルマ」

「運転、大丈夫？」

「クルマは楽なんだって」

驚くほどの早さで回復し、大五郎がもう働いていると知らされたのは、田植えのあとだったか。田植えが機械化したって、役に立つのは大まかなところだけ。細かいとこは、わたしの手でやるんだから。だけど、今年の田植えは疲れたよー。自慢にもならないけど。塔子は述懐する。

「糖尿が出てたいへんだったと言ってたけど、あれはどうなの？」

食卓の横には、糖尿病患者の食事管理の数字や絵が書いた図表が貼ってある。

「二人で恐ろしい数字見せられて、管理栄養士のおねえさんから食事の厳しい指導受けてさ。茶碗一杯１４０グラム、２３５キロカロリーって。でも、あの人、退院したらまるで無視。酒は飲む、タバコは吸う。お茶菓子も食べる。とんちゃくなし」

塔子は図表を凝視して言う。次第に語気が粗くなってくる。

「それで入院が長引いたのに。集まりに出たら飲んで来る。何回懲りたらええもんだべか。もう知らないよ」

事故が糖尿病の誘因となった。

それなのに、大五郎は本気で治療に専念しないと塔子は息巻く。

「もうなんとなってもええ。くたびれ果てたよ。こうすればこうなる、なんて公式はないの、わたしの人生には。完全に騙されたよ」

いつまでも灯そうとしない部屋の中で塔子はうなだれる。

「だれに？　大五郎さんに？」

「親に。わたしの両親に。騙されたの。わ、た、し……」

塔子の父親が生きている時には聞いたことのないことだ。母親は早くに亡くなっていた。親に騙されたとは穏やかではない。千歳は両腕を交差させて抱えた。

「寒くなってきたね、長袖の服、なにか貸してあげる」

板敷の床をきしませながら塔子は向こうの部屋に行って戻ってきた。この夏は涼しいと聞いていたが、想像ができなかった。スーツケースに長袖を入れてなかった。

塔子の差し出すブラウスはかすかにナフタリンがにおう。死語にされたはずの『表日本と裏日本』の差がはっきりとここにある。昨日の神戸の熱帯夜を表日本と言うなら、今日の肌寒さと塔子の表情。これこそ裏日本だった。座りなおした塔子の話は続く。


大五郎が、まあぁ、立派な名前だべ、あっちの親は七番目に産まれた五男に『大五郎』と名前付けたんだから。あとで聞いたよ、大の字と七の字の形が似てるんだと。安易なもんだよ。

その大五郎がこの家に婿養子に来るとき、おらの父と母が言ったもんだよ。

五十歳も過ぎれば、ラクしてゆっくり暮らせるから、しばらくがんばれって。山の杉、切って使えるだけ植えておいた。田だって開墾したのから、土入れたのまで段取りした。ワラシコ育てるうちはしばらく大変でも、若いうちだ。あとはそのワラシコたちが、追いついてくる。それまでがんばれって。

見てごらん。六十歳すぎていよいよたいへん。騙された、騙されたー。親恨むよ。

長袖ブラウスを借りて着たのに、いよいよ全身が寒い。

塔子は恐ろしいことを言っている。結婚して四十年、塔子は六十二歳になるはずだ。「農家の暮らしって、とくに専業農家のうちなんか大変なのだよ」いつかの、電話を切る前の一言が蘇る。千歳は新聞の経済欄で、農業・林業と言う文字を見つけて記事を読んでも語彙がよく理解できない。実際に携わらない者にとっては日本の農業を取り巻く状況は、理解の範囲を超えている。

「ああ、どうもどうも。まんず、よく来た」

食卓が整った頃に、大五郎が帰ってきた。

六十五歳になる。上がり框を越えて、部屋に入り、汗のにおいを振りまきながらまっすぐ食卓の前まで歩く様子は、力仕事をする者たちに共通なガニ股であるところを除けば、特に怪我のあとを思い起こさせるものはない。冷蔵庫からビール瓶を提げて食卓に置くと、座布団を折り重ねて腰を下ろし、食卓の下に脚を投げ出した。滞《とどこお》りのないひと続きの動きだった。

「お客さまが来たら、おおっぴらにビール飲めるの。千歳さん、一緒に乾杯して」

塔子が促すと「そうだ」と大五郎が笑顔になる。千歳はグラスを差し出す。湿った涼しさの中で飲むビールはうまくなかった。

「大五郎兄さん、怪我はすっかり治ったんですか、糖尿も」

仰向いて一気にビールを流し込み、箸を忙しく口に運ぶ大五郎の仕草は、味わうというより、せわしく喉に食物を通過させるだけにしか見えない。千歳の別れた夫とよく似ている。一緒に食事をする者への心配りより、おのれの食欲を優先する。いわばただ粗野なだけだったのに、千歳の若さがそれを男らしく生気がみなぎっている仕草と錯覚したことから始まった結婚生活だった。目の前で大五郎を見ると、忘れていたことを思い出す。

「ああ、治ったよ。この通りだ。オレの自然治癒力はなかなかなもんだよ。はじめは医者が首をかしげたっけども、この通りだ。オレの生きる意欲が勝ったんだなー」

無精ひげが目立つ頬がゆるむ。大五郎のすぐあとを塔子が追うように付け足す。

「治癒力たって、必死の治療をしてもらったでねぇの。外科や整形外科、内科って。たいへんだったたんだよ」

食事どきの話題にしないほうがよかったたか。キュウリの浅漬けを噛む音だけが千歳の脳に響いた。


空になったビール瓶から、最後の一滴が落ちるのを待つほど大五郎は気が長いのか、グラスの上で瓶を数度振って横からのぞいて見る。塔子は大五郎に視線を送ることもなく「ビールはそこまでッ」と一声を放つ。大五郎は空になった瓶を持って台所に立ったが、手ぶらで戻ってきた。

食卓が片づくと大五郎から怪我をした当時の話を聞いた。

三人分の食器を洗い終わって座った塔子は床に広げた新聞から目を離さない。

「切った木が、これから倒れるって見極めた瞬間に、切った人は木が倒れる反対側に立っているもんじゃないの。逃げられなかったの？」

常識的な質問をしてから千歳は後悔した。ソファーに移って両手を背もたれに広げて置いた大五郎は、意に介する風もなく笑顔で会話を続ける。

「そこなんだよなー、いちばん口惜しいのは」

「なにか……、あったの」

「ずっとてっぺんの方で、藤づる、絡んでいたんだ。わかんねかったんだな。ワッと言う間もねかったな。こっちさ返ってきたんだ、あっちさ倒れるはずの木が。三十年のこんな木だ。間伐してたんだ。オレがこの家さ来てから植えた木ー」

両手の指を伸ばして、丸い木の太さを示しながら、手柄話のように大五郎はカラカラ笑った。千歳はチラリと塔子を伺った。辛い日のことは聞きたくないのか、床に片手をついて身体を折り曲げるように新聞を読み続けている。

大五郎の話に勢いがつく。

「やっとのことで木の下から這って出たんだどもな、あとは立つも座るもなんね、腰やられてしまってたんだ」

「それ、お昼だったって言うじゃないの」

「ンだ。欲出してな」

空腹のところに喉も渇いてくるだろう。

「なにより、地面に腹ばいながら、どうやって夜まで寒さと戦ったの」

ためらいながら尋ねた千歳。

「そんた時に、そんたことは思うもんでねぇよ」

フッと小さな息を吐いた大五郎だった。


一番忙しい時で、秋田には帰られないなんて息子たちは言うんだよ……。

消え入りそうな声で、なかなか電話を切ろうとしなかった塔子だったが、ここで、大げさにバサバサと新聞を畳むと、突然割り込んできて続ける。

——日が暮れるのに、父さん帰らね。さぁ、またどこかでいつもの立ち話かって思った。それにしても遅いし、十一月だもの、五時すぎればまっ暗だべ。もう六時近くなって、これぁはおかしい、って気がついて。わたし、向かいの家さ飛び込んだのよ。なー、いっつも時計の通りに帰ってきていたおじいさんみでぇにしてれば、もっと早く探しに行くのに。

ふだんからあっちさ寄り、こっちさ寄り、して戻るからな。向かいの家さ寄ったべかって、そろりと入って行って、様子見たけどうちの父さんいないのよー。そこで、こういうわけでー、って言ったんだ。したら、向かいの婆さま、その場であっちこっちさすぐに電話掛けてくれて、あっというまに捜索隊になってしまった。すぐにクルマ出してもらって山さ向かったんだよなー、父さん。

塔子は同意を強要する。

大五郎は、んだ、んだ、と素直にあとを受ける。

なんとしてでも出はねばなんねって、木の下からありったけ時間掛けて、やっとの思いで這い出たって、あとは、はぁ、一歩も動かれねぇ。ああ、これでもうダメかと思った。ダメなものなら早く迎えに来てくれと、実家のオヤジば思い出して一生懸命頼んだ。したどもなー、なんぼう待ってもあの世から迎えに来る気配がねぇ。こりゃ困った。それでこっちの家のオヤジ思い出した。はやく迎えに来てくれぇって想い続けた。したども、なんぼうしたって、どっちも迎えに来てくれねぇ。せば、オラ、はー、死ぬのをあきらめた。まだ早いということだべって心を決めた。

死んだ者が迎えに来てくれねぇば、生きた者が来てくれるんだべ。そう信じて待つことにしたんだ。

寒いの、腹減ったのって言ってられね。だんだん暗くなってくる。山は、特に冬は、日暮れが早い。まっ暗になって何時間たったかな、しばらーくしてからだよ、声が聞こえたのは。

遠くから人の声がする。オレもオーイって答えた。声が出たっけ。初め聞こえたのは声だけだったのが、ぽっと明かりが見えた。下から来たんだな。こっちだこっちだって叫んだよ。運悪くそこは、オレの山でも一番奥のほうだった。国道から上がってくるだけでも大分と時間がかかる。

懐中電灯つけてきたっけ。男たちが、ソーレってオレを抱いて運ぼうとした。ところが、だ。腰をやられているもんだから、抱くも取るもならない。担架だ、救急車だということになった。一杯飲んで、飯食ってたどこさ、うろたえてみんな飛び出して来てくれたんだ、なぁ。あいにく携帯電話を持っている者もいねぇんだ。国道の前の家までまた下さ降りて、電話、借りに行った。

安心したのが悪い。オラァ眠くなってきた。したっきゃみんなしてオレを、オレのツラぁ、ひっぱたく。そういうときは寝たらダメになるんだ。みんな必死だ。大き声で、馬鹿だ、阿呆だって悪口でもなんでも言って眠らさねえように、ってな。救急車の、ほらアレ来た、担架だ。それまでが長かったー。

大五郎の話はまだ続いた。

塔子は目を伏せて黙っている。聞いているのだろうか。膝の上に握りこぶしを置き両腕で突っ張る形に体を支えている。締め切った部屋の中には、ため息と饒舌から溢れた空気がこもる。ふと柱時計を見上げた塔子が「風呂の用意をするから」と立って行った。

「オレが怪我の話をすると機嫌が悪くなる」

風呂場のほうをあごでしゃくって大五郎は頭を掻いた。

「大五郎兄さん、すごいね。がんばったんだねぇ。時間、長かったから」

塔子が席に戻るまで待つのに間が持たない。千歳は、すごい生命力ね、と言おうとしてやめた。生命力とは自らの意思で生きようとする力だろうか。それともその人に与えられているものだろうか。よく聞く割には考えることもなかった。生命の糸が切れるか続くかの瀬戸際にいて、なお生きたいとあきらめない願望。願い、望みと言えばきれいだが、もっと生きたいという貪欲さ、言わば欲張りが生きる力になるものだろうか。

「痛いとは思わねかったな。ただなぁ、あー、まいったなーっては思ったった」

笑っている。他人ごとのように。

無表情で塔子が部屋に戻って、大五郎に言う。

「今日は、野球あるんでないの。巨人阪神戦が。さっさと風呂に入ってからゆっくり見れば。お湯出してきたし」

「おお、そうしようか」

ていよく追い払われた形で、大五郎が部屋を出て行った。

「ほんっとにあの人、どれだけ苦労させたら気が済むんだか。わたし、どれだけみんなに頭下げて回ったか。わかろうとしない。自分のためにしてくれて当たり前と思っているみたいだから」

「……」

千歳の同意や返事の類を求めている塔子ではなかった。

「今まで何回、入院したと思う。足やら、腕やら、山で怪我するんだから。そこへ今度の骨盤骨折だ。おまけに糖尿病併発してしまって最悪。田んぼの仕事の段取りして、あっちこっちさ頭下げて願って、頼んで。こっちの体が痛くなってもまだ働いて。病院さ通って。バスやら汽車やら乗り換えて。その上に入院経費だもの。どっからお金が出てくると思う」

塔子夫婦は二人の息子を東京の大学に入れて、東京での就職を認めた。農業の後継者にはしなかった。家をつぶす気かと、親類や世間の人からは非難され、あるときは時代の流れだから止むを得ない、と周囲の者たちに同情された。

農業や林業の理想と現実は、いまの若い人たちに理解させようがない。木も植えた、開墾もした。子が追いつけば、遊んで暮らせると、塔子が若い日に親に言い含められたようにはいかなかった。

——毎度、木材の値が下がり、コメの値が下がり、減反に次ぐ減反だ。田、作るなって。そこに転作だって。手間賃上がる。農機具の払い、肥料と農薬とその他すべて支払いをして、差し引きしたら一年がかりでコメ作って農協から何ぼ受け取ると思う？　九十何万円だよ。農業所得が百万円にもならないの。

これほどたくさんの親戚がいる家だもの、葬式、法事、結婚式、出産祝いって交際費の莫大なこと。何年もふた親の面倒見て、それから葬式出して。ああ、そうよ、家も直した、そうして息子たちを大学さ入れてごらんよ。お金が続くのが不思議だと思うよ。いまわたしたち、開闢《かいびゃく》以来の貧乏暮らし。あんたはともかく、古きよき時代をこの家で育ったあんたのお母さんには想像もつかないべなぁ。

所得が九十数万円とは。

千歳の脳裏には、毎月本社から課せられた営業用の数字が奔流になって現れて消えた。六桁の数字の軽さと重さにため息を飲み込んだ。

そう言えば、数年前だが、塔子の父を葬った翌日、ようやくふたりきりになったところで、床に足を投げ出した塔子がつぶやいた。

「あー、あんたはいいね、帰る実家や来る家があって。わたしは何もない。どこさも行くところがねぇのよ。行って愚痴言う人もない。誰かれナシに言うもんではないし。おじいさんもはぁ、死んでしまったしよー」

ことばより吐く息のほうが多かった。背負わなければいけないものの大きさは、仕事の仲間と飲みに出てストレスを発散させる千歳とはちがう。塔子は内々の悩み事を村の者たちに話すわけにはいかないのだ。

土間の向こうの風呂場から、勢いよく水を打ちつける音がする。しばらくガスのバーナーが鈍い音を立ててから止まった。静寂の中、窓の外で虫が鳴く。

もしかしたら、涙を流しながら語っているのかと、うつむきがちに聞いていた千歳はわずか残っているお茶をすすりながら塔子の顔を盗み見た。真正面を向き、はっしと眼を見開いた塔子の表情は鬼気を帯びていたかもしれない。

蛍光灯の下でギラギラした眼は涙の一粒も含んではいなかった。

塔子はまだ続ける。

「いつもいつも行き当たりばったりの人だよ。なんで婿養子になんか来たかとつくづく思うよ。人より余計に学校行ったのに、農業に対する将来の展望が甘かった。わたしはそう見るよ。時代が悪かったなんて聞こえのいい逃げだよ。考えもビジョンもないから来たのよ、うちに。これこれの家で、田も山もたくさんある。将来はラクができるよう段取りも親がしてくれてある、なんて言う仲人口にホイホイ乗るからよ」

そういえば千歳の母が、吾がことのように言っていた。

「塔子さんは生まれたときから総領娘で跡取り。家のことをしっかり教えられて育った。あのとおり厳しい兄さんだもの。この家の娘だ、人に笑われないように、ってね。こういう行事にはこうする。どこそこの家はこうだからこう付き合う。田は、山は、土地は、境界線は、って何から何まで暗記するほどくり返しにね。一番物覚えのいい時期にそればっかり。そこが大五郎さんとは違うわね。あの人は、いつでも兄や姉たちのうしろをついて歩いてたらよかった。塔子さんとはわけが違う」

塔子と大五郎では育った立場も環境も違いすぎる。

「悪気の無い、良い人じゃない」

蛍光灯に向かって小さな甲虫が飛んできた。締め切った部屋のどこに隠れていたのだろうか。千歳が注目する虫に、塔子は目もくれない。

「善人必ずしも親方の器ではないよ。あっ、シーッ。お風呂出たみたい」

ドアが閉まる音が響いた。千歳を制して、塔子は薄い座布団に座りなおす。

「はい、おやすみなさい」先手を打つ塔子に、大五郎は「んッ、おやすみ」と答える。

柱時計はまだ九時前。目の前を通りすぎる大五郎から石鹸と湯の匂いがした。

「大五郎兄さん、もう寝るの？」目で追ったうしろ姿が見えなくなって千歳は塔子に小声で聞いた。

「寝る？　って聞くと怒られるよ。あっちで野球観戦だから。もっとも勝利投手インタビューの頃に、わたしが入って行くともうぐっすり眠ってる」

農家の人は朝が早い。夜明けと共に起きて、涼しい朝食前にひと仕事をする。

「今でも子どもたちに、農業を継がそうとは思ってないの？」

「あんたも世間の人と同じことを聞くわけ？」

二人は幼いときからの仲よしだった。母と遊びに来ると、千歳は塔子とばかり過ごした。お互いにいい相談相手だった。少なくとも千歳はそう思っている。いったい『家』とはなんだろう。塔子の場合、山林や田畑など先の代から受け継いだものを、現在生きている者が守ることで辛うじて『家』がある。千歳より体の小さい塔子が背負い続けてきた。都会を見た息子たちは継ぐ気がなく、塔子にはそんな息子たちに譲る気が無いらしい。

「男だ、好きなことをさせろって。おじいさんが言ったの。わたしのときとは大違い。ンでも、時代だものね……」

時代か。これでいいのだろうか。親に騙された、というのはどこにいったのだろうか。塔子の結論が混乱していないだろうか。

「おじいさんは太一郎たちが判断して決めるべ、って言ったもの。仕方が無い、時代だから。わたしよりもうんと勉強したんだから。我われは今の農業を続けるしかないんだよね。こういう雪の深い所では、土地の収益性が低くてなんもかんもだめだよ。政策もコロコロ変わる。二人とも帰って来なくてもいいよ。来ない方がいい。月給取りがいいんだべ。したら退職金も年金もあるし」

都会に出た彼らの所得が百万円に満たないということはないはずだ。時代はカネで決まり……か。

「大五郎なんか、昔の同級生たちが定年で退職金もらったと聞いて、口惜しくてなんねかったんだよ。この家に来たばっかりに仕事辞めた。あの時辞めなければよかったってよ。どれだけわたしに当たったたと思う？　それがおじいさんが相続の名義の大半を大五郎にしてくれたから、億のつくものが実際自分の名義になったわけ。それがうれしいって今度は高校のクラス会で喋ったんだって。みんなに『億万長者』って呼ばれたって。にこにこ帰ってきたよ」

うれしい笑顔の大五郎が目に浮かぶ。いくつになっても心を隠せない人だと千歳は思った。

「得意絶頂だったね。でも帳面上の数字でしょ」

「そうだよ。それ聞いて、わたし、このバーカってつい言ってしまった。こんな辺鄙な土地で、マンション建つわけもない、ダムができる計画もなければ国道になる予定もない、ただの評価額だよ。死に物狂いで相続税払っても、固定資産税は毎年かかるし、お前さんが働かなければ一円のカネも産まないんだよって言ってやったよ。怪我なんかしてる場合でないんだよ。ヤッコサン瞬間には意味がわからない、ヘンな顔してた。ホントおめでたい人だ」

塔子のぜい肉のないあごが、斜めに構えるとさらに尖って見える。

上機嫌で帰り、クラス会の報告を得意になってする大五郎に、塔子はこの角度で言い放ったことだろう。鋭いことばの標的にされた大五郎の情けなさを千歳は想像する。もっとも通じたら、だが。

「言わないとわからない人の目、覚ましてやる。うちにはお金がない。だからわたし、農閑期だけでも『ふるさと自慢』の工場にパートに行くようになったんだから」

「ああ、あのお漬物、なかなかの良い味よ。いつも送ってくれてありがとう」

「まあね。したけどね、これも開闢《かいびゃく》以来だよ、この家の人間が外へ仕事に出て日当もらうなんて」

「うちの母さん、妙な顔してブツクサ言ってたわ」

「だれでも言うよ。この家の娘が、って。んでも平気だ、わたし。お金欲しいもの。お金要るんだから。贅沢はしなくても自分のお金は欲しい。孫たちに誕生日のお祝いとか、入学祝とか贈ってあげたいじゃない。工場は農繁期には出なくても良いんだから。それはそうと、あんた、お風呂入って休んだら。わたしもう眠い」

　口元を押さえながら塔子は小さなあくびをした。

　塔子が父の介護をしやすいように改装した風呂場とトイレは明るくて広い。そこだけは神戸の千歳のマンションよりもはるかに快適だ。煙の匂いが漂い、幽霊が出そうな薄暗い風呂場はもうない。床にも壁にも汚れひとつ浮かんでいない。家を守ろうとする塔子の気負いが染み込んでいる、と千歳は納得した。脱衣の手を止めて、磨きこまれた杉板の床を撫でさすった。真夏の肌寒さの中で、木肌はやんわりと温かみを帯びていた。

　籾殻の枕が頭の下でさやさや軽い音をたてる。夏休みが来ると千歳は母や兄と来て、緑色の蚊帳の中に並んで寝た。三つ並んだ昔間取りの広い座敷のひとつは、体が小さかった千歳には無限の空間だった。それが怖くて、蚊帳の中で無理やり目を瞑った。祖母が、横になった母のそばに来て、蚊帳越しに物を言う。母も早口で答える。ふだんとは異なる母のことばが気になって千歳はまた、幾たびも寝返りを打つ。そのつど耳の下で枕が乾いた音をたてた。

締め切ったガラス戸の向こうでは、ウマオイがスイーッチョン、スイーッチョンと濡れた空気のなかに澄んだ声で鳴いていた。そう言えば、ウマオイに噛まれたことがあった。透き通るうす緑色の小さな体と、そこから出る甲高く、もの悲しい鳴き声、噛まれたときの鋭い痛さ。ウマオイがとまる古ぼけた障子の桟。これらのアンバランスな感覚が精霊棚から漂う線香の匂いと融け合って記憶の中にくっきりと住みついている。

タオルケットから洗濯洗剤の残り香がたつ。ウールマークのついた毛布と重い敷き布団には湿気た匂いがこもっている。豆電球の下で肩が寒い。千歳は毛布を引き上げた。締め切った八畳の座敷にひとり横たわる。闇を突き刺すようなウマオイの声がする。正座を崩さないで座り続けていた塔子。笑顔で部屋に入ってきた大五郎のタバコの匂い。飲み干したビールのコップを置く満ち足りた表情。寝返りを打ちながら、千歳は何度もなんども枕の音を聞いた。

目を覚ました千歳の耳に鶯の声が近くに聞こえた。その中に太くポットリ、細くポッツリ……。間断なく続いている音は……、雨だ。萱葺きの大屋根から滑り落ちた水滴が縁側の軒のトタン屋根を打つ。不規則なリズムと響きを伴う雨垂れの音は、あらゆる種類の音が絶え間なく流れる都会にも無い、異質なものだった。千歳は雨音に耳を傾けながら、しばらくは昔ながらの豆電球の薄闇に目を遊ばせていたが再び寝入ってしまった。

向こうの方で床板をきしませながら往復する足音が聞こえる。枕のそばの腕時計を引き寄せると六時半だった。スカートの素足が寒い。半袖Tシャツの上から前日塔子に借りた長袖のブラウスを着た。

裏口から外に出ると、空が青い。雨は夜明けに上がったらしい。頭の上から空がすぐに始まる。視界を遮るものがない。裏山が北になだらかに立ち、南側に広がる田には霧がかかっている。庭の柿の木はずいぶん古く太くなっているが、昔の場所にそのまま立っている。サンダルの素足が濡れた草と同化していく。栗の木の下まで行くと、モーター音を響かせながら大五郎が草刈り機を使っている。両手にハンドルを持ち、足元の丸い刃物で草を払う。腰骨を砕いた人がこうして早朝から重い機械を下げて働いている。柔道をやって盛り上がった肩をしていたはずなのに、よく見るとなで肩になっている。

千歳は思わずくしゃみをした。足元から冷えが上ってくる。大五郎がわざわざ機械を止めて「寒くないか」と聞いた。

家に戻って足を拭いていると、塔子が朝食の支度のできたことを告げた。少したって大五郎も戻ってきた。三人は珍しく天気の良いことと、気温が低いことを話題にしながら食卓を囲んだ。

「ナスも小さい、キュウリも細いし、野菜食べた気がしねぇべぇ」

塔子に言われて初めて、低温が農作物にかなり影響を与えていることを千歳も意識をした。

「スイカ、どうなってるべ、なぁ、父さん」塔子が言う。

「雨降っている間に、腐ってるんでねえかな」

「そうだべな。あとで千歳さんといってみるかな」

「そうしたらええな」

ずいぶん前になるが、千歳も別れた夫とこんなふうに食卓を挟んで会話をしたはずだ。

「おふたりさん、仲が良いのね、なんだかんだ言っても」

「仲が良いってか。こんたもんだべ」

千歳のつぶやきに向き合って答えたのは大五郎の方だった。納豆の糸を切ろうとして、空中で箸を振る。塔子は、三、四年前の夏に千歳が母に託したワンピースを着ていた。まだ新しかった。似合ってはいたが、流行遅れで身幅も袖幅も広い分、今朝は寒いだろうと思った。

その朝の新聞地方版には、「降雨続き夏はどこ?」の大きな見出しがあった。

——七月二十五日、梅雨明け宣言をしたが、七月三十一日から八月十五日まで連日降雨記録を塗り替えている。十一日の時点では、十一市町村で雨による被害額を見積もると約一億二千万円になるらしい。ある村での日照時間は計八、五時間で、平年の十一パーセント。まれに見る低い数字で、ネギ・レタスなどに大きな被害が及んでいる——。

損害見積り額、面積、パーセントと数字が並ぶ。

千歳はため息が出た。

「千歳さん、出かけるよ」

そこへ塔子が頰と首筋をすっぽり覆う農作業用の日よけ帽をかぶり、ところどころ草の汁がしみこんだ古い長袖のシャツに息子の古着だという青いトレパン姿で出て来た。外出用のゴム長靴を、貸してくれた。

「雨ばっかり降ってるから、土がグチャグチャだし、蛇が出るよ」

ゴム長靴は、どっしり重い。両足に履くと歩みが変わって、急に変身したようでおかしい。塔子はさらに、千歳に麦わら帽をかぶれという。陽に焼けた麦わらと汗が混じりあったにおいがする。歩くたびに靴が重い。

「こんな格好ってたのしいね、塔子さん」

「ファッション業界の人だもの、着たことないもの着れば、たのしいべなぁ」

丈高い草が長雨に打たれてしな垂れる農道を二人が前、うしろになって歩く。名前を忘れた野草が咲いて目を引く。千歳は、昔のように花摘みをしたい衝動に駆られる。塔子は感傷に浸る千歳を構うことなく先を行くから、千歳はサイズの合わないゴム長靴の中で動く足を踏ん張りながら追いつこうと急ぐことになる。

これはお盆前に種をまいた大根、と塔子が指をさす。

蒔き終わったところで突然の大雨。畝の土とともに蒔いたばかりの種が流れてしまった。耕した土でないと大根は伸びていけないし、特に移植を嫌う植物だから、また種を買ってきて、さあ、耕したら良いものかと思案している、と悲しい歌のような調子で言う。畝の位置ではないところにハート型の貝割れ双葉が芽を出している。土砂の流れた形跡が雨脚の強さだとも言った。

「これ見てごらん、キュウリ」塔子が手招きをする。

「ちょっと青空になったらもうげんなりして来た。立ち枯れ病だよ。枯れてしまう。トマトも立ち枯れ病。トウモロコシはカモシカにやられてパー。カモシカ来るよ、畑のものを食べに。寒くってろくに育たない野菜、やっとなった実をねらってくる。害獣だよ、ほんとは保護獣っていうんだけど。そう、国の天然記念物。やっつければ、『始末書と罰金』ってヤツよ。ホラ、このインゲン豆、葉っぱもない、実もない。カモシカの口が届かない所さようやく豆がなってる。だから背の高い手柴が要るの。採れた野菜は夫婦二人で食べる分プラス時々思い出してあんたたちに送るのが楽しみなのに、今年はゼロだよ。よーく見といて。正月の豆は送れないから。

わたし、何したら良いと思う。毎日降る雨見て、育たない野菜見て、種の代金、苗の代金、わたしの労働力、頭で計算して。間に合わない話だね。それでも、みんなが喜んでくれたら、わたしの帳尻は合うのに。よく見て行ってね。送れないわけを。

宮沢賢治が書いてるべ、寒さの夏はオロオロ歩き、って。出てこないお日様待ってて、泣くしかないよ、なー。今は、農協に野菜出してないから良いけども。出してる家は毎日、空見て泣いている。

春は、大五郎がまだ病院から帰ったばかりで、リハビリ程度しか体が動かなかったんだ。この人、一生車いすだべか、杖だべか、田も畑もできないべか、って思ってたった。田おこしは人に頼んだ。畑はわたし一人でやった。辛い、なんて、わたし、そんたら安い言葉は使いたくないんだよ。やるしかなかっただけだ。死ぬほど疲れた。五十歳過ぎたらあとはラクできるから、なんて親に言われて。みんなウソだったってわけ、わかるべ？　さあ、スイカ見に行こう」

来た道を少し戻ると、塔子は地面を這う葉の繁みに分け入った。稲妻のような角度で鋭い亀裂の入った小玉スイカが塔子の掌にあった。両手の指でスイカを割る。ため息と共にすぐさま横手の藪に投げ捨てた。手を伸ばしてもうひとつ摘む。あんた割ってごらんと千歳に渡す。小玉のLサイズというところだろうか。どっしりと重い。亀裂の深い部分に親指を立てると、たやすく割れた。パールブラウンのネイルエナメルに塔子の視線を感じた。

「かじってみて」

塔子の指図に従う。鼻先にはスイカの香りがするが、口にしたとたん、刺すような酸味に混じった妙な甘さ。思わず身震いが出た。塔子が、ダメだべぇ、とつぶやいた。切れ長の目が、藪に捨てろと催促をする。

塔子が、また別のひとかけらを差し出したが、これも飲み込む味ではなかった。千歳は口の中がカラカラになるまで草の上に唾を吐いた。

気温が高い訳でもないのに、背中に汗が流れだした。押さえ込まれるように蒸しむしする。顔からも汗が流れる。午前中の青空が昼をすぎて灰色を帯び始めた。

「千歳さん、もしもあんたがわたしなら、息子にこんな農業を継がせたいって思うか？」

突然の質問だった。即答を避ける方が賢明だと判断した。

「ん……、あんまり思いたくない。……否定的、かな」

すると間髪をいれずに、塔子があとを続ける。

「そう思うのが普通だべ。ところがな、大五郎は自分が親方になってみたら、ずっと先までも、この山地田畑を維持したいわけよ。お盆に太一郎に言うんだ『こっちさ帰って来ないか。オレが元気なあいだに農業を教えてやる』って。本気なんだもの。農業後継者育成の助成金がもらえるんだって」

大五郎が長男を促すことばが真剣であればあるほど、塔子は舌打ちをしたかったに相違ない。

「自分から勤めをやめて、うちに婿養子に来てだよ、コメ代金が安いの、木が売れないの、やれ退職金ないの、国民年金安過ぎるのって、さんざんわたしにぐだぐだ言ったクセに、希望通りの仕事をしている太一郎には、おまえ、長男だから帰って来い、って言うか？　親だからって言うか？」

「……、そんなこと……」

病菌に傷んだスイカの葉を塔子はつぎつぎ摘みとりながらさらに続ける。

「なんぼ先祖伝来か知らないけど、よ、わたしもういいよ。ホントのこと言おうか。集中治療室のあの人見たら、もういいって思った。あとは、もういいって。寝たきりになった者を、わたしが介護するんだったら、いっそこの辺でもういいって」

塔子は、もういい、をくり返す。

幼い日のかくれんぼはオニを待っていた。塔子は何を待って「もういい」のだろうか。怖ろしいことを千歳は思い描いて頭を強く振る。

「田だって山だって、家も畑も、わたしのものだったのに。それで一人になったら、山と田と売って、プレハブでもいいからちっちゃい家建てて、畑で少しの野菜と少しの花作って、あとは十年くらいひとりで食いつなごうと思っていた。わたし、長生きしたくないし。介護は自分の親でじゅうぶん。アレをまたもうひとりやって、こんどわたしがしてもらうまで生きたくないのよ」

千歳の口の中では腐りかけたスイカの残り味が増殖している。

八十歳をすぎても生まれた家を誇りに思い、心のよりどころにしている母がいる。かつて村の人たちの羨望や妬みのまなざしが、若い日に母の誇りを育てた。

塔子は宙を睨んで言った。村の人たち、今度はいつわたしが泣くかって、みんなで待っているんだよ。

あごをキッと持ち上げて背筋を伸ばす。

「千歳さん、あんた帰るときに持っていくナスとキュウリは、明日の朝に来て採るよ。ひと晩したら少しは育つべ。二、三本で我慢してね。あんたに有機で低農薬、新鮮採りたての野菜を食べさせてあげたいから、来年もおいで。わたし、生きてたら畑作るし。これだけが楽しみだもの」

昼過ぎに、細かい雨が降り出した。じめじめと汗をかきながら、千歳は雨の中を母の先祖の墓参りに出かけようと、塔子の長靴をもう一度借りた。

花《はな》風車《かざぐるま》

そろそろ昼がちかい。帰ってメシの用意をしなくては。

川のそばにあるわずかな畑から、シゲは弾みをつけて一輪車を道に押し上げた。

鍬や鎌、間引いた大根の葉を押し込んだカゴなどを積んで、まだいくらも歩いてないとき、自転車に乗った若者がシゲのそばを通りすぎた。と、大きな車輪がシゲの前でいきなり曲がり、片方の長い脚が地面についた。

「すみませーん。この道を行くと何かありますかー」

正面を向いた顔には細い黒いめがねが張り付き、頭にはいくつも隙間のあいた赤いかぶりものを乗せている。この暑いのに手袋をはめ、そこからはみ出した腕は、顔と同じ色に日に焼けて輝いている。

ムラでは見ることもない姿に、シゲは思わず、まぶしい物を見る視線で、

「何にもないよ」と答えていた。

「家も？」

「家はある」

「何軒？　人は何人？」

「人もいる」

せわしい問いかけだ。

「集落、ありますよ、ねー」

「ああ、龍神ムラぁー」

「ムラ？」

「正しく言えば大川崎村字龍神だ。上さずーっと行けば龍神又といって、もうひとつわずかなムラがある。だども、ニイチャン、どこさ行くー。誰かの家さがしてらのー」

「えっ、ああ……。地図見てたら行きたくなって……。その龍神ムラって、何軒くらいの集落ですか」

「今は二十何軒かな。人、いねぇくなった家もあるし」

シゲは一輪車の取っ手を持ち直し、背の高い若者を見上げる。

「なにかさがしてらのー」

「さがしてません。おもしろそうだからー」

「おもしれぇものなにかあるべかー」

「ありますよ。僻地の個性ってのが」

片足をペダルに乗せると、若者は不意に自転車を発進させた。僻地と呼ばれる行く手の龍神ムラ。秋田県河辺郡大川崎村の名にもある大きな川の支流をさかのぼり、袋の口をすぼめたように山に囲まれた龍神ムラ。今ではシゲと一体になったムラ。


ようやく五年前に鋪装がなった道は、軽トラックがゆっくり通る幅まで広がった。県道から入って大人の足で三十分。川に沿った山道を曲がりくねってムラの入り口に着く。昔はオイノハナと呼ぶ岩石山がそびえていた。オイノとはお犬、つまりオオカミのこと。尖ったオオカミの鼻先を行くように細い径が龍神川に覆い被さるように迫っていたものだ。そこを荷馬車に乗って、シゲはこのムラに嫁に来た。

戦争が負けた翌年に、奥山から木材を運び出す森林軌道がやがて廃れる話が聞こえてきた。そんなことになればムラが孤立してしまう。大きな荷物、ムラで取れたコメ、材木、野菜などの搬入、搬出はこの森林軌道を利用していたのだから。

オイノの鼻先を削り落とすしかない。

しばらく測量が続き、当時も三十戸足らずのムラはまだ見ぬ道路に夢を託した。

「自転車がほしいもんだな」

「オラだ、いっそのこと自動車ほしいでぁ」

「進駐軍さ頼みにいこか」

「頼めば、チョコレートだってミルクだってくれるんだとよー」

「したら、ジープも一台下げてくれって」

「オラさも一台、おめえさも一台ってか」

田植えに降りた女たちは、苗代のそばで焚き火をする男たちにかまわず、泥田に足を浸けていく。手には苗を握り、笑いがはじける。

龍神ムラでは、営林署のジープは見ても、進駐軍に出会う機会などはなかった。

昭和二十七年の初夏、工事が始まる。

日に何度も発破が轟く。

空襲を知らないシゲにとって、大音響と共に古い家がきしむ発破の地響きはたとえようのないほど恐ろしいものだった。鳴りやんでも、腹の底に振動が残る。何発目かのときに土方がひとり吹き飛ばされた。あの地響きと大騒ぎの中で、シゲは三人目の子ども、昭蔵との間の二人目の子どもを産もうとしていた。

*

終戦五十年目の戦没者慰霊祭をテレビの正面にひとり座って見つめたのは数日前のこと。あのとき生まれた次男がもう四十三にもなるのだ。

――早いなー。オラも年とるはずだー。

歩を進めるたびに、使い慣れた一輪車の中で鍬の柄がゆれ、カタカタと音をたてる。真昼の太陽が、目深にかぶった日よけ帽の布を透して頭に照りつける。

小ぶりなカマキリが一匹、抜いてきたばかりの大根葉の上で小さな鎌を振り立てている。うす緑色の細い体で、一輪車の揺れに逆らうのか鎌を立てる仕草は、一人前だ。

――自転車のニイチャン、オイノの岩石見てびっくりするべな。おとなだか、子どもだか。オラから見ればワラシコだな。龍神ムラでなに見るべー。

山と川があり、あいだの平らな土はすべて耕して、わずかな人たちが暮らしているムラ。

先ほどの若者は、ムラの入り口の岩石山をひとしきり見上げてから、曲がって見えなくなった。シゲの二人の息子たちにもあんな時期があったはずだ。この道を通って出て行ったきりだれも帰ってこない。

——オラには亭主ふたり、娘ひとりと息子がふたり。孫は七人もいるども、なしてこんたに身内さ縁が薄いものだべなー。運命だべかなぁ……。

岩石山の裾に立つ小さな石地蔵が白く乾ききっている。小さな滝も涸れ、台座の苔もうす茶色に乾き、竹筒に似せた瀬戸物の花入れの中で供えた花がしおれきっている。石地蔵の赤い前掛けまで灼けて白っぽい。そういえば龍神川の音もおとなしい。背の高い木に絡んだマタタビが、白い葉裏を見せたまま、風を待って動かない。

＊

小正月が来るが小豆を煮ようにも砂糖がない。

ないものの方が多い時代だった。人もいない。シゲの夫とその弟が兵役に召集されていた。板敷きの食事部屋には、小豆餅を盛った陰膳を二つ据えて八人の家族が居並んだ。だれもが黙々と、甘くない小正月の小豆餅を食べた。タラの木でも混じっていたのか、いろりの薪が立て続けにはぜる。綿入れ袢纏で大きくなった腹を覆い、塩味の小豆汁を啜りながら、シゲは非常時の覚悟を質されているような気がした。

ときおり屋根の煙出し穴からあられ混じりの雪が吹き込む。吹雪の続く正月だった。

出征した夫、大蔵から新婚の妻シゲに宛てて、

『男を産めよ。男なら征一、女なら成子』

と書いた葉書が一通来ただけで、あとは音沙汰がない。

夫の留守に成子が生まれ元気に育っていた。

大蔵にはふたつ下の昭蔵、次に三人の妹、末に病弱な弟金蔵がいた。シゲがこの家に来たときには、末っ子金蔵は数えのふたつで、長男の嫁を呼ぶ「姉コ」がまだ言えなかった。あの子がもう六つになる。

這って逃げる金蔵を、ようやく走りはじめた成子が追う。薄暗い家の中を隅から隅へと走り、ふたりは声を挙げ、転げ、じゃれる。追ったり追われたり。くっついたり離れたり。成子が笑えば丸い口に小さな白い歯が並ぶ。よだれを垂らしながらキンコー、キ

ンコーと呼んだ。

金蔵も成子が生まれてからは病気が快方に向かったようだ。それでも成子が乳を飲むと、金蔵も四十五になる母親の膝にまたがってしなびた乳房に吸い付く。

金蔵の綿入れの袖口は、糊を固めたように光る。

三人の姉たちは、代わる代わる「キンコー、ロウソク屋ぁ」「ロウソク一本なんぼするー」と囃す。金蔵はその声を聞くと目を細め、利き手の左袖口で思いついたように青洟を拭う。拭って伸びた洟はほっぺたに太い糸を引いて固まる。綿入れの下には古い毛糸に白い木綿糸を交ぜて編み直したセーターを着ているが、その袖口もテカテカになった。成子も金蔵をまねて洟を拭うことを覚えた。絣のモンペはゴムがゆるいのか、遊ぶうちにヘソを出して金蔵のあとを追う。金蔵の三人目の姉が「成子のヘチョ、取る。ヘチョ、取る」とあとを追えば、金蔵が喜び、成子がはしゃぐ。

ともすれば息をひそめがちの家で、人びとは成子と金蔵の成長に重ねて、ひたすらに大蔵と昭蔵の無事な帰還を祈った。

昼には腹を空かせながら、成子が待っていることだろうと気持ちを奮い起こしてシゲは野良から戻る。と、小さいふたりが並んで裏口に敷いた粗ムシロに座っていたりする。

片手に小ぶりのにぎりめし、片手に茄子の古漬けを持っていた。頰や口のまわりにいくつも飯粒をつけて、向き合って口を動かしている。

成子はいつだってシゲを待っていない。夫は戦地からまだ戻らないし、成子は青湊垂れの金蔵とにぎりめしに釣られて、シゲの手から離れてしまった。

シゲは泥まみれの野良着と成子のにぎりめしを見比べる。

夜になっても「キンコーキンコー」と金蔵のそばがいいらしい。成子は祖父母の古い夜具のあいだで幼い叔父とひたいを付けて寝た。成子とよく遊んで金蔵の夜泣きが治まり、朝までぐっすりと眠るようになった。

夜中に成子が泣きはしないかとシゲは何度も耳を澄ます。眠れずに寝床から明かり取りの窓を見つめる。ぼうとした明るさが障子の外にある。障子紙の小さな破れが、かすかな風に人間の寝息のように鳴り続ける。シゲには声をひそめた呼び声にも聞こえる。

戦争は負けて終わったというのに、夫の大蔵は今ごろどこをさまよっているのだろうか。捕虜になっているのだろうか。食べるものがあるのだろうか。生きているのだろうか。

ひとつも手がかりがない。

手足を伸ばして寝るのが夫に申し訳がない気がして、シゲは横顔を枕に押しつけ、曲げた膝を抱えて体を縮めてみる。狭めた腕から、裸の乳房が余りもののようにはみ出すとき、シゲは泣きたくなるほどせつなかった。

暑い昼のこと、冷や飯に味噌を乗せてその上から汲んだばかりの山の湧き水をかけ、瓜の漬け物をかじりながら昼飯をとっていたところへ大蔵戦死の公報が届いた。敗戦から二度目の夏だった。

正座をしたシゲの膝裏から、糸を引くように汗が流れる。流れた汗が板敷きに根を下ろすほどの長い時間、身動きがかなわなかった。そんな母親に成子は寄りつかない。声を挙げて泣けば気持ちがおさまるか。身体からも汗が流れ落ちたり、引いたりしていく。

家族のものたちはそれぞれ『オラ家の兄コ《あん》』『自分の大蔵』の戦死を実感しようとするのに精一杯のなかで、さらに、『昭蔵オジコ』にも思いが行く。

「この前だ、龍神又の甚兵衛とこの若い者が還ったづうねか」

「もう少し待てば……」

「お上が間違ったごど言うか。待ぢでもダメだべな」

「腹ー、決めねば、な。昭蔵だけでも……」

その夜、シゲと夫の両親は、お互いの存在を確かめるかのように、いつまでも寝間に立とうとはしなかった。

点いたと思えばほんの数分後に、また停電するはだか電灯をあきらめ、ランプをともしても、油を惜しいとも言わなかった。ランプのホヤの周りに来て数匹の蛾が上になり下になり、小さな羽根を振る。追えば容赦なくまき散らす鱗粉。耳元でかすかな羽音をさせる蚊。人に嫌われながら虫たちはたくましい。

知らせに、実家からシゲの母親が駆けつけた。

「なんとか、兄コに生きて戻ってもらわねばなんねかったんだ。なんたって、成子をオラ方の子にするわけにはいかねぇべ。そればーり願っていたったたんだどもなー」

汗と涙を一緒くたに拭いながら、饒舌になる。

「おめぇの兄コの親たちどういうつもりだべ。お国のために死んだって言っても、な。おめぇが出戻ることはねぇぞ。名誉の戦死だ。靖国の花嫁ていうやつだべ」

負けてしまえば名誉も何もねぇ。死に損だべよー。シゲは叫びたい。叫ぶこともできない。折り曲げた膝の上で、握りこぶしをいっそう握りしめ、唇を固く結んでうつむくしかない。

火のない夏のいろり端に座り、母親は灰均しでせわしく灰を撫で、また、ため息をついた。小さな燃えかすを見つけると、鉄の火箸で器用に摘まみ、いろりの隅に積む。

「男ひとりさ、おなごトラックで一杯いるづうね。出戻りだの、未亡人だのは、トラックさ乗せられねぇとよ」

しきりに飛んでくる蠅をハエ叩きで打ったりしながら、シゲは黙って母の手もとを見つめる。何を言われても返す言葉がない。死んだ者には終わりでも、残された者にはつらい先がある。

県道を行くバスの時刻を確かめると、母親はそこまで歩く三十分あまりの時間を言って、そそくさと戻っていった。成子が昼寝をしている間に来て、不憫だ、不憫だと言いながら、目を覚ます前にもどる。

「気ぃつけて、な」のひと言をやっと口に出し、じっとうつむいていた顔を上げたときにシゲは初めて母親とまともに目が合った。

「おめえぇもキバかんで、がんばるだ。ええな。人に笑われねぇに、な」

シゲは黙って肯いた。母はふり返ることはなかった。よそ行きのつもりで履いて来た下駄の歯がひどくすり減っている。ひっつめに結った髪に櫛が浮いている。

静まりかえった家の中に柱時計の音が響きわたった。

開け放したままの雨戸の下ではコオロギが鳴く。カナカナ蜩の声が裏山をとよもして押し寄せる。

夜になるとウマオイが障子の桟に来て鳴き出す。誰に向けて良いかわからない怒りが、また腹の底からわき上がる。うす緑色の虫の甲高い鳴き声が繕い物をしているシゲの神経を逆なでする。

部屋の中を蚊が飛び交う。舅の虎之助が、思い出したように破れうちわを振る。蚊いぶしにくべたヨモギの葉はとうに燃え尽きたようだ。

ブブブブと場違いな羽音でよく太ったアブが現れた。舅がいきなり破れうちわでアブをしとめた。これで三匹目だ。アブの羽根をちぎって雨戸の外に投げつけた。そのうちまた違うのが飛んでくるだろう。息を詰めたような人間の中で、人間以外のものたちの騒々しさだけが、またひとつ夏の終わりの夜模様だった。

数日雨が続いた。雨を見ながらシゲは思う。

幼友だちが嫁いだ先では、少し前に夫が戦地から戻ったと、母からの伝《つて》を聞いた。

オラは見離されてしまった。思い詰めるとまたもわき上がる怒りと嘆きを、どこにおさめたらいいのか。姑は仏壇の前でぶつくさとつぶやき、写真を見つめている。怒鳴り込んで行って、引きずり出して気がすむまで殴りたい。罵りたい。オラたちを馬鹿にするなと言いたい。どこの誰に向けて言えばいいのかわかる人はどうか教えて欲しい。雨足を眺めながらシゲは思う。そうすれば、あとは奥歯を噛みしめたり唇を引き結んだりしない。

オラは戦争未亡人か？　そんな名前で呼ばれたくない。こんな落ち着かない思いをするくらいなら、あのとき嫁に来なければよかった。

雨のせいで外で遊べない金蔵と成子が湿っぽい家の中を走りまわる。成子の小さな足音は小刻みでせわしない。金蔵は片足を引きずりながら走る。小さな脚たちはそれなりに力がある。古い板敷きが幾ところか軋んで足音といっしょに大きく鳴り響く。金蔵は走って止まり、息をためてまた走る。不規則なリズムながら成子より足音が重い。父親を知らない成子と、両親が四十過ぎて生まれた細い小柄な金蔵が、無心に遊ぶ。

唯一、できることは若い男手のない家で夢中になって働くことだ。シゲは貴重な働き手なのだ。

夜明けと共に起きて田を見回り、水口の石を動かして水の調節をする。鎌を研いで草を刈る。馬は一日も休みなく草を食う。雨が小やみのうちに大根畑の土寄せをする。龍神ムラの黒い土と緑色がシゲを待ち受ける。

土を守れば緑がそだつ。小さな緑が愛しい。そだつ緑がシゲを励ます。

乾き切らないうちにくり返し着るせいで、土間に吊した簑、笠がくさい。簑に編みこんだマンダの皮や藁の一本一本に、雨と汗が混じってそこら中ににおい、漂う。馬小屋の外に繋ったドクダミが人に踏まれるたびに家の中までにおう。仏壇からは抹香のにおい。

姑のため息混じりの声、成子と金蔵の金切り声。義理の妹たちは笑ったり喧嘩したり。舅の咳こんで痰を切る声。薪がはぜる音。井戸の釣瓶の軋む音。

馬の踏み藁の蒸れたにおい。竈《かまど》から上がる煙の匂い、漬け物やみそ蔵のにおい。古い家はまるで魚の鱗のように、あらゆるものを重ね連ねて負っている。

シゲの居場所は、耕す黒土とそだつ緑の中にある。

畑はどんなときもシゲを待っている。雑草や青虫でさえ、シゲを迎えてくれる。

色づきかけた柿や沢ぐるみの葉に川霧が押して来る。ああ、霧、と思うまもなく、霧の中でシゲの輪郭がぼやけていく。幼い成子からも離されて、どこにでも歩いて行けと背を押してくれる霧。探っていけば大蔵と会えるかもしれない。

ふだん見える景色が隠される不安の中で、目をこらし、野良着の肩も腕も濡らして里芋をひと株引き抜いた穴も構わず、そそくさと家路につく。帰り着くところはやはり成子の遊ぶ家しかない。

家々から夕餉の煙が立ちのぼる時が目に見えて早くなる。山の稜線が太陽を飲みこめば、シゲの草刈りの手も忙しい。秋の彼岸が訪れようとしていた。

表の戸口に太い低い声がした。

シゲが野良に下りようとしていたときだった。

怒り肩の痩せた男が、引き開けた戸口の逆光の中に突っ立っている。

シゲは、一瞬息を飲み、力んで身構えたが、それにしては背丈が違う。急に力が抜ける。

草履を片足に履ききれぬまま、姑が走り寄って叫んでいた。

「昭蔵かー」

ゆっくり土間を歩いてきたゲートルの男が深くうなずいた。

その後、舅・虎之助の動きは素早かった。

まずは成子を『ててなしご』とは呼ばせねぇ。

シゲには、この家《や》の跡取り息子を産んでもらわねばなんねぇ。トラックさ、おなごは山ほど積むという時代だから、な。そういう時代だから、わかってくれ、な。

シゲは前の年の真夏のように板の間に正座をし続け、最後には義理の両親の前で深くうなだれてその夜の話が終わった。止めどなく心が弾み、同じ心が際限なく沈む。

数日して、シゲはひとつ年下の昭蔵の妻となった。

大蔵とたった四カ月を過ごした薄暗い六畳の部屋に、長い間畳んでおいた布団をひろげた。翌朝、大蔵のために縫っておいたナカリと呼ぶ作業着とモンペを黙って差し出した。前日のうちに柳行李の中から取りだしておいたのに、朝になってもまだ、籠もった湿気のにおいが取れない。母が工面してくれた木綿地に、針を行きつ戻りつ刺し子に仕上げた日々。新しい藍染めの香りにどれだけ胸を弾ませたことか。

昭蔵は黙ってそれを身につけた。もしかしたら裄丈が少し足りないのでは。モンペの丈は……。紐はよく結べるか。シゲはその間、座ったまま昭蔵の身の動きをじっと耳で聞いていた。見上げることができない。

成子は昭蔵の娘になった。

それまで家族のものたちは成子に「お父ぅ」のことを努めて語らなかった。金蔵だけがお父ぅ、と呼びながら成子の「じっちゃ」の膝に飛び込んでいく。ときにはふたりがあぐらの取り合いをした。

「セーコのじっちゃー」と呼べば「おおー」と応える人が、「キンコーのお父ぅー」と金蔵がしがみつけば「おおー、なんだ」と言って、成子の頭越しに青洟を拭いてくれたりする。そんなとき成子は棒立ちになって、途方に暮れた表情を見せる。

「お父ぅ、ガリガリ」金蔵が父親のあごをさすれば、「じっちゃ、ガリガリ」と成子も同じあごを撫でさする。すると虎之助は幼いふたりを両側から抱き上げて膝に乗せ、無精ひげのあごにやわらかなふたつのほっぺたを一度にこすりつける。

「イターイ」悲鳴がふたつ、はじけ飛んでその場の者たちが笑う。いつの間にか虎之助のあごひげは白くなっていた。

父親だよと教えられても、昭蔵の姿を見ると障子の陰に隠れていた成子が、まもなく小さな声で「お父ぅ」と言って昭蔵に体をすり寄せて行くようになった。いかついあぐらの中に収まった成子を見て、その場の大人たちは手を打って成子をほめそやした。

成子が身を隠していた数日のうちに、切り貼りをして穴をふさいだ障子紙のあちらこちらに指で開けた新しい穴が増えていた。シゲはそんな成子を引き寄せて頭を何度もなんども撫でるしかなかった。

*

採ってきたばかりの間引き菜を一輪車からおろして、シゲは家の前の小さな流れで洗い始める。雨が降らなくても龍神ムラには山から押し寄せてくる水がある。それでもここ数日、水位が低くなり、シゲはいっそう前屈みになる。

――こういうときに年寄りは転ぶがんだべな。年いくということは、おっかねぇ、おっかねぇー。用心、用心。

シゲは草履の裏に力をこめて足場を固め直す。

山から来る水は冷たくて澄んでいる。流れにさらわれないよう、間引き菜をていねいに水ですすぐ。

昨日、東京の成子からあった電話を思い出してみた。

「……おばあちゃん、思い切って東京においで。狭いけど子ども部屋だって空いてるしさー。ひとりくらい何とかなるよ。この先もキンコーといっしょでは、わたし、やっぱり気になるからさー。ところで、例のコリアンマダムはどうなの？　無理しないで出ておいでよ」

オラが龍神ムラを出る？　まさか、それはない。オラは龍神ムラさ、根っこついてるから、よそさ移せば枯れるぞ。んでも成子が東京さ出たのは、あいつのせいだ。金蔵……。成子によくも吹き込んでくれて……。

＊

昭蔵が、生きて戻った年、暮れの二十九日だった。

煤払いの最後に、虎之助が座敷に掛けてあった額を取り外した。天皇と皇后が並んで映った写真の額を磨こうとしたのだ。ものも言わずにそばに寄った昭蔵は、まだ踏み台の上にいた父親の手から額をむしり取ると、いきなり土間に叩きつけた。よほどの力任せだったのか、派手な音と同時にガラスが飛び散り、額の木枠が崩れた。

虎之助は台から降りると、大声を挙げて昭蔵をうしろから羽交い締めにする。昭蔵が身体を揺すってそれを振り払った瞬間、父親は上がり框からかなりの段差がある敷居の上に尻もちをついた。ようやく起きあがり、顔をしかめて声を絞った。

「この罰当たりっ……」

「こいつらがおれらに何してくれた、おい、何してくれたか言ってみれっ」

「……罰当たらぁ……」

言葉にならない。母親と金蔵が走り寄ったが、おとなしいはずだった昭蔵の怒鳴る声に怖じ気づいている。家じゅうに響き渡ったのだ。

姑の手には水が垂れる竹のざるがあった。シゲは箒を手に土間からただ見上げているしかできない。

「おやじ、わかってるのか、おい。日の丸振ってバンザーイだどって言わせて、何百万の人を死なせたか。兄コ、死んだ。オレの仲間もみな死んだ。オラァなんた目にあったか。セミ食ったし、蛇食ったし。死んだ仲間の肉食ったヤツは狂って死んだ。……ウッ、だれのせいだっ、えっ、こいつのせいだぞ」

昭蔵は肩で息をしている。

これほど言葉数を持った人だったのか。

シゲは昭蔵を畏れた。写真を拾おうと屈んだとき、

「シゲッ、拾うなっ」昭蔵の声が頭上から降った。

思わず手を引っ込ましたシゲのそばに来て、昭蔵は取りすました顔のふたりが映った写真を握りつぶし、いろりの火に放り込んだ。クヌギの丸木が燃えながら木の尻から泡を吹き、自在鉤でつった鍋が煮立つ真下で、写真は青白い炎を上げて燃え尽きた。それを確かめることもなく土間に降りた昭蔵は、額の木枠を土間のかまどに突っ込み、シゲの手から箒を取るとガラスを集め始めた。屈んだ背中が骨張っている。鉄砲の弾のにおいがする。シゲは思わず大きな身震いを一つした。

もしかしたらこの人に銃殺された者たちの怨みが背中に張り付いているのではないか。唇を引き結び、奥歯を嚙みしめてもう一度昭蔵のうしろ姿を凝視した。

シゲが龍神ムラに来て初めて陰膳のない正月だった。

七日正月の朝に、若水を汲みに出た虎之助が心臓麻痺で亡くなった。

「戦地さ行って、何人殺したか知らねぇども、家さ戻って、親殺すことあるもんだか。オジコはなんとおっかねぇ人だ」

三人いるうちの一番末の義理の妹が、お母ぁが言っていたと食器を洗うシゲに耳打ちをした。

翌昭和二十四年に、長男昭、二十七年に和昭が生まれた。

十九歳で大蔵の嫁に来てからはや十年になる。

シゲは自分からはものを言わない女になっていた。言う場が与えられなかった。言う気にならなかった。言う用がなかった。だれからも言葉が求められなかった。

口を閉じ、土まみれ汗まみれになって働き続けるだけだ。

嫁入りに、たとえわずかでも持ってきたシゲの着物や帯は、義理の妹たちの祝言のたびに、

「本村の店さ行ったたって何も売ってねぇ。シゲやー、箪笥の荷、改められるんで、着物一枚、二枚、ちっとの間、貸してくれ。すまねぇな」と姑に手を合わされた。

ときには「浅葱色の小紋のあれ」だったり、「梅の花がついた帯」だったりする。

さほど重くもなかったシゲの箪笥の引き出しがこの十年のうちに、片手でスルスルと開くようになり、いつか樟脳の匂いもすっかり失せていた。

たとう紙に包んだ着物を一枚ずつ手渡すごとに、義理の妹たちは必ずシゲにすり寄っ

て、

「姉コ、ええもの持ってるなー。今だら買われねし」

まだ一度もシゲが手を通したことのない着物を拝むようにして受け取ると、体に当て、頬をあからめて言った。その都度、泥かぶって働く者に、絹の着物など無用のもの、出かけるところがあるものか、と自分に言い聞かせた。そんな日にはことさらに奥歯を噛みしめた。そうして大きく振り上げた鍬で力任せに畑の土を打つ。

嫁いだ妹たちは、盆だ、正月だと、泊まりがけで実家に帰るから、跡取りの嫁であるシゲは家事に追われる。

客の食事には、夏なら出盛りの野菜を使うとしても、醤油、砂糖、油の調達もシゲの仕事になる。

何日も前から、春に咲いて収穫したばかりの菜種から油を搾る手配をし、約束の日にはバスに乗って油を受け取りに行く。一升瓶に詰めた黄色い菜種油二本を大風呂敷に包んで背負って帰る。手に提げた油かすの重さも一通りではない。夏の日盛りにバスを降り、県道からオイノノハナの岩石山の下に歩いて来ると、そろりと荷を下ろし、道ばたの笹の葉を一枚摘む。指先でクルッと丸めた笹の葉に、岩の隙間からしたたる清水を受ける。笹の甘い匂いが冷たい水と溶け合ってのどを潤す。この水が龍神ムラで一番うまい。服の衿をつまんで胸と背に風を入れる。再び荷を背負い、歩き出す。やがて家が見えてくる。垣根の木槿《むくげ》が咲いている。目を細めて薄紅と白の花を眺める。シゲには特別な花だ。

毎年春が来ると、長い冬の雪の重みでつぶれた垣根を修復するのがどこの家でも大仕事だ。倒れただけなら起こして杭の一本も打ち込めばいいが、根元から折れたものは切り倒す。そこに山から切ってきた頃合いの雑木を突き刺す。雪解け水と春の雨に、運良く根付いて芽を出すと、青々とそだって垣根になる。

かつて大蔵が楽しみにしていた木がある。

木槿の実生《みしょう》苗五本を、バスの停留所前の友だちから貰ったんだ。雪で折れて穴空いた垣根さ植えたば、根っこついた。これみんな大きくなって咲いたらきれいだべな。

大蔵がいなくなった家で、夏が来れば毎朝木槿が咲く。朝に咲いて、夕方しぼみ、翌朝には散って……。

いよいよ盆前になれば休む間もなく、皿は、茶碗は、箸はと食器の始末。黴くさい蔵の階段を何度も上り下りして夜具の段取り。麻の蚊帳を二張りも持てば、ことさら重さがこたえる。

久しぶりに顔を合わせる妹たちは子どもを連れて、老いた母親と談笑する。誰ひとり、シゲに帯や着物を返そうとは言わない。母子で「貸してくれ」と頼んだことにも触れない。シゲはそのことを忘れてはいない。

黙々と彼女たちを迎え、数日後には精霊棚に供えた菓子やくだものを等分して土産物に持たせて送り出す。シゲの子どもたちが、遠巻きに一部始終を見ている。姑は娘の孫には甘いものを与えておきながらとシゲの産んだ孫には、物陰に引き込んで「数が足りないから今日はおとなしくしろよ」と耳元で言う。シゲには聞こえる。

成子はひたすら我慢をする子に育ち、男の子ふたりは祖母の小声に大きな声で不当を訴える。

シゲは昭蔵と野良で夢中になって働いた。力を入れて唇を一文字に結べばおのずと奥歯が嚙み合う。ものを言わなくて済む。家では寡黙な昭蔵が、野良に出てようやく口をきくときですら、シゲは「ウン」と答え、あとは首を横に振り、また縦に肯くだけで用が足りる。夏は朝四時に畑に下り、ひと働きをして戻れば、姑の作った朝飯をとる。嫁は馬車馬のように働けばいい。働いた分、黙って食えばいい。仕事ぶりが評判の昭蔵は食欲もみごとだ。シゲも食べる。鍋を傾けて菜を煮た汁を冷や飯にかけてでも飯を腹に入れた。

働かない嫁はどんな理由であっても、けなされる。シゲは自分の身体を追い詰めるように働いた。そうして夜には疲れ切った体を横たえて、眠るだけでいい。

シゲよりも先に床についたはずの昭蔵の手が伸びてくると、シゲはいつでも黙って受け入れる。疲れた体を昭蔵にまかせたあとは欲も得もなくぐっすりと眠りに落ちることを覚えた。深い深い眠りから覚める頃に、シゲは大蔵を待つ若妻になった夢を見る。

昼、代掻《しろか》きをした田の畦を塗りながらふっと明け方の夢を追う。戦死した大蔵を想う。決して歳をとらない大蔵に心をときめかせると、一瞬にして昭蔵のいかつい身体が放つ熱い体温を重ねさせてしまう。シゲは首を激しく振って、あとは野良仕事を続けるしかない。

心とは浅はかなものよ、わずか四カ月暮らしただけで四年待った『夫』を慕い続ける。

身体はもうひとりの『夫』の熱さを覚えてしまった。兄と弟、ふたりとも、我が夫なのだ。

我が子……。子どもを思えば欲も得もない。成子が一人のときはこの子を守らなければと心がふるえ、二人になればまた上の子も下の子も同じようにかわいい。三人になれば愛情は三倍になって湧き上がる。飲みきってくれるほど、また溢れ出る乳のように……。

ひとりの夫は常にそばにいて、もうひとりは夢の中にしか出てこない。

だが、ひとりを思うとき、もうひとりへの限りないうしろめたさがつきまとう。なぜこういうことになった。なぜこんな思いをする。

ひと鍬、泥土をすくい上げては大蔵の声を思い、戦死したのはオラの祈りが足りなかったせいかと自分を責める。またひと鍬を畦に塗っては、昭蔵の、力ある四肢を思い身体が震え出す。そうして兄と弟を想う自分に怒る。今すくい上げた泥土を先に塗った泥にぶつけて塗り重ねる。

水漏れのない畦を作らなければー。水田の泥土はずっしり重い。

糸トンボが羽根をきらめかせてシゲの前に現れた。空中に二つの細い身が文字の形に交尾をしながらとんでいる。ツチガエルが泥田からはねる。よくみれば、背中に小柄なオスを乗せてまた泥田に戻る。シオカラトンボのヤゴだろうか。足もとを逃げていく。土から湧くいのちたち。小さな生命のあるものをシゲは好んだ。

成子、もっと大きくなれよ。どんた、おなごになるべかなー。これからの時代は、意見をはっきり言うんだぞ。お母ぁみてぇに黙っていればソンするど。

昭、どんどん食えよ。おめえは跡取りだ。この家の畑も田も山もみんなおまえのものにしてやる。でっかいお父ぅみてぇに強くならねばだめだぞ。

和昭、おめえの骨は太いなー。お父ぅみてぇにがっちりした肩幅だ。この分ではお父ぅよりでかくなるだろう。大きくなって、おめえは町さ行くか？

畑に出ても田に入っても、鍬の一打ち一打ちが子どもたちを養うと思えばシゲには苦痛でも何でもなかった。小さな種が芽になり、花になり、葉になり、実になる。はだしで畑に立ち、その土から育つ緑のものたちすべてに期待をかけて育てる。雨や風に痛められながらも育てれば育つものたち。それがシゲの救いになった。

炎天下、汗が肌を洗いながら胸元を流れていく。身が浄められるようでいっそ心地よい。いきおいよく緑のものたちがそだつ夏は、手にも足にも力がこもる。

田の草取りをしていた腰を伸ばしたとき、向こうの繁みに、山イチゴが橙色に熟れて連なっている枝が見える。

シゲは遠回りをしてゴム草履を突っ掛けると藪に分け入る。手のひらに蕗の葉を一枚おいて、山イチゴをほろほろとこぼす。いくつかをつまんで口に含む。どっと唾が湧いて甘さを流し込む。ふたたび青田に入って、昭蔵のそばに行った。シゲが差し出した山イチゴは、働く者の指先ほども大きくて、熟れた粒々が輝いている。

昭蔵は仰向いた口に掌のイチゴを一度に放り込んだ。二、三度頬が動き、のどが鳴った。泥のはねた襟元に汗が光る。シゲの目の前でのど仏が蛇の鎌首のように上下する。それからゆっくり笑顔を見せた。シゲにはそれで十分だ。

昭蔵はまた黙って田の面に屈み、何ごともなかったように稲の株間を掻いて草を取る。麦わら帽子が昭蔵の表情を隠す。シゲは自分の位置に戻った。

山にかこまれた水田では、人間は黙し、夏鳥がのびやかにさえずる。

祭りの日が近い。

集落の男たちはいく日も前から鎮守の森の下藪を払い、境内の草を抜き、祠《ほこら》の回廊を磨き、鳥居の前に旗ざおを立てる。奉加帳を回し、御幣《ごへい》を用意する。女たちはモチ米を集め、小豆をはかる。

酒の席では男たちは競って戦地の話をした。シゲは立ち働きながら聞き耳を立てる。敵を討って手柄を立てた話。理不尽な上官に自分はどんなに従順だったかという話。上官のひどい仕打ち。戦友に助けられた話。また、不眠不休で塹壕を掘った話。蛇のように匍匐前進をする様。かっぱらいをくり返す同僚の話。元気な人間がどれだけ死にやすいものか。傷つき病む者が苦しみながらも死ねない話。敵の銃弾があられのように降った話。轟音と共に炸裂する大砲の弾はこわかったという話。サイパン、重慶、ミンダナオ、高雄、レイテ、北満、ガダルカナル、奉天。地名が飛び交う。際限なく軍歌を歌い続ける者もいる。泣きながら歌い、殺しの青春だと言ってシゲの手を取った者もいた。

大蔵はどういう死に方をしたのだろうか。誰ひとりその名を言わない。病気か怪我か、即死か。動けない身を置き去りにされたのか。魚雷に遭って輸送船もろとも沈んだのか。まっ先に沈んだのが大蔵だったのか。そんな席でも、昭蔵はほとんど語らず、あぐらの片膝にひじをついてただ黙々と酒を飲み続けていた。

＊

ある日、昼上がりのシゲを待っていたように成子が裏口に立っていた。シゲを見るなり目から涙が溢れる。きかん坊の弟たちにキビキビと指図をする成子にしてはめずらしいことだ。

「お母ぁ、オラぁ、昭と和昭とほんとのきょうだいでねぇってよ」

「だれぁ、言ったんだ、あ？」

「キンコー」

消え入るような声だった。まだ薄い胸を大きくふくらませ、泣きじゃくり、洟を啜り上げ肩を上下させる。

「本当のきょうだいだ。このお母ぁから生まれて乳飲んだ。キンコー、何言うべ」

「したども、お父ぅがちがうって」

シゲの中に金蔵に対する猛烈な怒りが噴き上げてくる。

金蔵、クソー、お前に何がわかる。青洟垂れめが。

たまに昭蔵がシゲに買ってくる『主婦の友』を金蔵はいつも物陰で熱心に読んでいた。シゲに気がつくと分厚い雑誌を素早く閉じてその場をそーっと立つ。仲間に足の悪いことをからかわれるし、学校まで遠すぎるという理由で中学校は初めから行かない。

ちかごろは成子に関心を持つのか、成子を盗み見するような金蔵の視線にシゲは引っかかるところがあった。昔のようにまつわりつきはしないが、シゲの気持ちを逆撫でしていた。

大蔵の子であれ、昭蔵の子であれ、おまえの姪ではないか。泣かすようなことを言うな。余計なことを。胸ぐらをつかみ、平手であの細い頬のふたつやみっつ張り倒してやろうか。成子が望んで代わった父親ではないぞ。シゲが好んで替えた夫ではないぞ。

「お父ぅ違ったって、お母ぁいるかぎり、おまえは昭と和昭の姉だ。ん？　そうだな？」

やや間をおいて成子が小さく肯く。正午を告げるサイレンが頭の上で響いた。

汗くさい野良着のまま、シゲは六年生になった成子の背中を抱えるように歩き、満開の木槿の前に立った。いつの間にか、はるかシゲの背丈を越し、束になるほどに、すっくと伸びた枝には多くのつぼみがある。風呂場の小屋根の下には新たな実生苗も咲いている。足もとには昨日の花が無数に散っている。

朝に開いた薄紅色と白色を一輪ずつ、シゲは指先で摘んで白い方を成子の手に預けた。花びらがかすかに冷たい。

「成子のお父ぅがオラさ教えてくれたんだ。あの頃はまだこんた低い木だった」

シゲは成子の肩の下あたりを手で示した。

「ああ、バッチャンさ言えば、死んだお父ぅの徴兵の時の写真持ってるはずだ」

シゲは、大蔵の写真を持っていないことを後悔した。

「咲いた花ッコ摘むのが気の毒だどもー。ホレ、見てれよ。ホラ、見れ、見れ。お父ぅは『長いまん中のしべを静かに、こうやってな、そろーと抜く』って教えてくれた。おや、そう簡単には抜けねぇな」

シゲは腹の空いたのを忘れてしまいそうだった。

「花ッコ、ひっくり返して逆さまに持つ。今度ぁまん中、小枝でそろりと突く。ほら、スポッてちっちゃ穴コがあいたべ。そこさな、この小枝ッコを突きさしてー。フー。ほら、回るまわる。これが『はなかざぐるま』だ。死んだおめぇのお父ぅから聞いた。おめぇさも教えるんてまねしてみれ」

作り損なった花を足もとにいくつもこぼして、シゲは成子と並んで木槿の花に息を吹いて回した。

子どもから少しずつ大人になりかけている成子に、言っておかなければいけないこと、教えておかなければならないことがいくつかある。いつ言おうと迷いながらためらっていた。そこを金蔵にひとつ、先を越された。シゲはグズグズしていた自分に腹が立つ。出し抜けに成子に告げた金蔵はどんな顔をしていたことか。

いつまでも子どもではない成子の気を引こうとしたな、金蔵め。

力任せに息を吹けば花が小枝から飛び抜けていく。五枚の花びらが息を受けとめるように、片側をそらせて咲く木槿。

「お父ぅはな『赤い花はシゲの木。白い花はオレの木』って言ったんだ」

成子はシゲをにらむ。涙はもう乾いていた。

「よくもそんたらこと言うなー。こっ恥ずかしい」

「したって本当だものー。覚悟決めて戦地さ行く人だ、なんたことだって言えるべ。おめぇが、あの時オラのこの腹さ、いたった。聞こえたべ、なぁ、成子」

「覚えてねぇよ」

「そうそう、お父ぅがまだ死んだてわがんねぇ時な、成子、ちっちゃかったおめぇを抱っこして木槿の花風車、こうして回してな、お父ぅ帰るべかって立って待ってたんだ。おめぇは花ッコ欲しがってめんこい手ッコを伸ばすくせに、すぐグチャッとつぶすんだっけ。したからオラ、なんぼうでも花ッコ採ってこしらえてよ。これ覚えてるか?」

シゲはできあがった風車に三度ほど息を吹きかける。

「フーッ、魔法使いのまじないだな、これでは。フー、っともう一吹き。ホーレ、回った回った。な、成子、覚えてるべ?」

「知らねぇよー、なーんも。花風車、今日はじめて見たよー」

「あーや、すまねがった。もっと早く教えればえがったなー。回って、ほれ、きれいだべ?」

「うん、おもしろい。キンコーさ絶対、教えねぇ」

成子はようやく笑った。白い花と赤い花を両手に持って回す。右手左手を交互に前に突き出しては回る花に笑い続ける。

前歯の並びが悪いのは、死んだ大蔵に似た、とシゲは思った。大きな前歯がつんのめったように出て、糸切り歯が八重歯に生えた。きれいな歯並びの幼児期が終わるとつぎつぎと小さな歯が抜ける。そうして生えかわった歯が、顔も知らない父親にそっくりになって思春期を迎えることになるとは。シゲは大きなため息をつき、腹の減ったことを急に思い出した。

小豆畑の草を抜いてアクに染まった指も爪も黒く汚いことを、目の前で成子はひとことも言わなかった。

中学校の卒業式の日、成子は習い終わった教科書をそろえて金蔵に差し出し、翌日は、集団就職の列車に乗って東京に行った。

成子からの贈り物を金蔵は蜜柑の木箱に入れて大切にした。成子を思っているのか、学ぼうという気になったのか、教科書をとりだして読んだ。四月からは、毎朝六時にラジオのスイッチを入れて、基礎英語講座を聞く。いつまで続くやら、と金蔵の母親はめっきり老いた口元を気取りもなく開けて笑ったが、夏になっても秋になっても続いていた。

金蔵は足を引きずりながらも、昭蔵について野良に出かけるようになり、耕耘機の扱い方なども熱心に学びだした。背の低い痩せた金蔵が肩を揺すって田を周り、畑の径を歩き出すと、ムラの女たちは言いはやした。

「あやー、芋の子（里芋）畑見てらばせぁ、大きい葉っぱの上さ、キンコーの首ったま、転がってくるねぁー」

「ホイ、コロコロって転がって落ちたか？」どっと沸く。

「キンコーだばせぁー、水口《みなくち》見て回って、『ノープログラム』だどー」

「おや、おめぇも英語覚えたのか。プログラムって何ぃ、田の水と関係あるべか？　身体の割に大きだ声だもの、おめぇさ聞こえたか」

「キンコー、ラジオで英語勉強してるがんだど。まんずたまげた。学校さ行かねたって、やる気になれば勉強するがんだなー。なんという風吹いたべ」

「アメリカ人嫁ッコにせば、ちょうどええねか。首ったまさ、はぁ、ぶら下がってアイラブユーだどって、はぁ、ブランコできらぁ」

みんなは手を打って高笑いをし、シゲの背中を叩くものもいる。

シゲは身内の話題に乗るのが苦手だった。いつシゲ自身のことに取って変わるか。一つ答えれば、また次々と好奇心から問われるに決まっている。次の日になれば、年寄りも若い者もその話を知ることになる。どこの家に牛の子生まれた、だれの孫、何年なに組だ、とみんなが一家族のように固唾を飲んでニュースを待っているのが龍神ムラだ。

*

金蔵がまじめに働きだしたのは、本気だった。

跡取りと呼ばれて育ったはずの長男、昭が、三つ年下の和昭に相談したことからそれは始まった。二人で昭蔵とシゲの前に座ると、中学三年になった昭は突然、東京の大学に行きたいから、秋田市内の高校を受けると言い出した。

六年生の和昭が、横で「オレもだぞ」と胸を張った。

「僻地の山村に未来はない。魅力もない。ぜったい東京に行く」と昭が宣言すると、「んだー」と弟が続く。昭蔵はずいぶんと長い間、座ったきりで首を縦に振らなかった。しばらくは息子たちに好きに話をさせて聞き入っていたが、やがてふたりとも反応のない父に黙ってしまう。

ストーブのそばで腕組みをして動かない昭蔵を、シゲは眠ったのかと顔を覗き込んだくらいだ。

昭蔵が口を開いて、ようやくボソリと続けた。

「たしかにここは僻地には違いねぇ。この家が、なんぼう昔から自作農といっても昭と和昭のふたりさ分けるほどの田畑でもねぇ。山も、二つに分ければ、ひとつ分では、ろくなカネにもならねぇ。せば、なんとする。東京もええべな。したどもまんず、合格してから出直せぇ」

この日はこれで終わった。

「兄《あん》コ戦死さねば、オラ、東京さ行きてぇと思ったもんだ。仕事しながら学校さ通おうってな。どうせ次男だし。兄コが死ぬとは夢にも思わねかった。オラ、姉コといっしょになるとは、もっと思わねかった。戦争づぅもんはなんたってするもんではねぇなー、おい」

寝物語に昭蔵はシゲの聞いたことのない話を語った。

息子たちは学校に行かせよう、好きなだけ。成子には気の毒な思いをさせた分、親ふたり、食うもの食わなくても男ワラシコだ、学校さやるカネこしらえるべ。

昭が田さ入らねても、和昭がいる。これも東京さ行ったても、金蔵がいる。バタめくことねぇべ。なんとかなるで。そういう時代だ。

昭蔵がそれなら……。シゲも決心した。

金蔵が、まるで人が変わったようだ。

常にシゲの視野の端にいてコソコソしていたのが、いつのまにか画面のまん中に現れた。

左右に大きく肩を揺すりながら、小型の耕耘機を押し歩くようになり、車の運転免許も一回でとってしまった。肥料や農薬の散布にも口を出す。相変わらず、でかい声で言葉に詰まりながらも、ときには昭蔵よりも筋の通ったことを言う。日に焼けて色黒になった顔にはシワが浮かんだが、小柄な身体がとてつもなく大きく見える。シゲがラクになったのは言うまでもない。

家の周囲にも春の花があふれる季節、掘り起こしたばかりの畑のあたらしい黒土が匂う。

放し飼いの十一羽の鶏たちは先を争って、爪で畑の土を掻く。畝を立てる前は、鶏たちに許された特別の時間だ。

ムシロに広げた乾しゼンマイを片づけながら、シゲは鶏を見張る。

太いミミズをくわえた雌鶏《めんどり》が思いきり飛び退く。横取りしようと他の一羽が駆け寄ってきた。声を絞り出しながら、ミミズを固くくわえて離さない。そこへ一羽しかいない雄鶏《おんどり》が鶏冠《とさか》を揺らして近づく。動くミミズをクチバシの両側から垂らしながら雌鳥は逃げる。群れから離れて一羽になるとあたりを見回し、首を振りふりくわえ直したミミズを縦に一気に飲み込む。羽毛を立てて、伸ばした首が上から下に揺れる。勝ち誇ったように、茶色と黒の羽根が夕映えの中で虹をためてきらめく。

ホーォホーォ、ホーォ。

シゲは節を付けてその鶏を群れの方に追いやる。

どの鶏も春のミミズのおかげでいい卵を産むことだろう。

金蔵は卵が二十個になれば売って小遣い稼ぎをしている。キンコーの赤卵はムラの人に歓迎されている。

自慢の卵をいくつか竹かごにいれた金蔵が、まだ五時前だというのに、ひとり朝食をとっている次男の和昭のそばに寄る。和昭も朝一番の汽車で高校に通っていた。本当は下宿をしたいところだが、これ以上の無理を通そうとはしなかった。シゲは弁当を詰めているところだった。

「カズ、く、く、食え。いい卵食って、あ、あ、あ、アキラに負けるな。おめぇも東京の大学さ、い、い、い、行けよ」

和昭は卵を受け取ると、素早く茶碗に割り落とし、醤油を落とすといきおいよく混ぜる。肩に力が入る。金蔵は日に焼けた顔に、半分開けた口で笑っている。

やがて和昭も龍神ムラから出て行った。

あれほどの大家族が、いつのまにかシゲと昭蔵、それに金蔵の三人になっていた。

昭蔵は山の杉の木をかき集めるようにして金に換えた。農協からも融資をしてもらったと、シゲはあとで報告を受けた。よそのオヤジはとっくにやめた冬の炭焼きも続けた。アルバイトをするから無理するなよ、と東京からは親を気遣った手紙が届く。

「我が家の非常事態宣言だなー」

シゲはそんなことを言いながら、目につくものは全てカネにしようとした。身の回りには、小銭を生むものがいくらでもあって面白い。

山にはゼンマイ、ワラビ、ウド、アイコ、ミズ、フキ。数え切れないほどの山菜があるし、夏になれば、大して広くはない畑から、トマト、キュウリ、茄子、ピーマンがとれる。カボチャ、ユウガオ、マクワウリなどは土手を這い上らせたらいい。秋は、栗やキノコ、百合根、山芋、銀杏。畑からは大豆、小豆、キビがとれた。山畑でも次々と植えて、目と手をかければ野菜たちは育ってくれる。シゲはよほどの嵐でもない限り畑に出た。収穫したものは売れる時代が来ていた。昭蔵が車に積んで町に行けば、なにがしかの現金になって戻ってくる。

やがて送金地獄からも解放された。

そんなとき、昭蔵が脳梗塞に襲われ「九死に一生を得た」と医者にいわれた。

退院した昭蔵に年の離れた金蔵は言う。

「む、む、昔はよー、びっちり、ちゅ、ちゅ、中風当たれば……ラクに死ねたによー。て、鉄砲の弾も、ちゅ、中風も当たりそ、そ、そ、そこね、だ」

中風も鉄砲の弾も当たり損ねたと言われても昭蔵は無表情でだまって聞いている。寝ている方がラクだからと、ともすれば終日起きようともしない。

シゲは山菜採りをやめた。畑に行く回数も減ってしまった。田は金蔵に任せて、家の周りのわずかな畑にいることが多くなる。

いつかムラに残った人たちも老いて、山に入る人が少なくなるらしく、たまにシゲが気晴らしに裏山を覗くだけで、ワラビやミズを抱えきれないほど採ってくる。売りに行けばカネになるものを、と惜しみつつも三人家族で食べる量も知れている。隣近所に分けるのだが、そこも食べる者がいない。持て余すようになったから、もう持ってこないでくれと言われた。

ある日、

「兄イ、今度の、に、日曜日、オレ、嫁連れてくる」

金蔵は寝ている兄のそばにきて突っ立ったまま告げた。

嫁と聞いて、シゲは思わず大きな声を出して顔を上げた。昭蔵に靴下を履かせている最中だった。

「キンコー、お前、年、なんぼになった？」

「お、オレかー。今年で、し、し、し、四十五だ」

「ああ、そうだったか」シゲは声を落とした。

珍しく大きな声を出したシゲを見つめる金蔵の目が薄明かりの窓の下で光る。

「それで嫁ッコはなんぼになる？」

「……三十五……」

「そっだら、なんぼちがう？」

畳みかけるようにシゲは尋ねる。それだけでシゲの心臓が高鳴る。

寝ている昭蔵が自由になる方の左手を高く差し上げてしきりに振る。

「なにぃ、何？」

「結納だの、祝言だの……」

青黒い顔を金蔵に向けると、かすれてしまった声で問う。

「と、と、年が年だ。そ、そったらものしねぇ。人目わりぃ」

深く息を吐くと、昭蔵の仰向けに寝た両のまなじりから涙が太い筋になって流れた。固まった目やにの上を涙が通りすぎる。

この男、嫁ッコとうまくやっていけるべか。シゲの頭を不安がよぎる。金蔵は何を考えているのかわからない。だが手はずを通りに働くことはたしかだ。各種の農機具や軽トラックを使うので、野良仕事はかつての昭蔵に追いついたし、昭蔵が寝込んでからは、体を揺すりながら一人で切り盛りをする。

——戦争さ負けて五十年。鉄砲の弾さ当たりもしねぇで戻ったづうに、お父ぅは、中風さ当たった。世の中変わって、人も変わる。まんず変わったたってば金蔵だ、最高だな。あーあ、おもしれぇ。どんたらツラして、キンコーのやつ、嫁になるおなごば、口説いたもんだべな、はぁ……。

シゲは間引き菜を洗いながら胸の裡に住むもうひとりの自分と語っていた。

痛む膝を騙しだまし、前屈みのまま、凝り固まった腰をかばいながら立ち上がった。うーんと伸びを一つした夏空から、シゲにぶつかるように、夏アカネがいくつも目の前に飛んでくる。

――ダンブリコ赤くなるには、まだ先だな。ゆっくりゆっくりキンコーでいこか。おっと、転ぶなよ、シゲ……。シゲは自分に呼び掛ける。

それから、間引き菜を持つ手を振って水気を切る。そこへ大きな声が近寄ってくる。

「おばーちゃーん、がんばってるかー。ホレ、航空便だー。入れでおくよー」

郵便配達人がシゲの家の前でバイクを停めた。

――ふん、どうせまた、オラの読めねぇ字だ。


身長の低い金蔵よりも、頭一つ背の高い女が、金蔵に従って家の中に入ってきた。金蔵がものを言うたびに神妙に深くうなずく。薄く並べて、広いひたいに垂らした前髪が揺れる。細めの体の割には首が太い。横座りの脚がスカートからはみ出し、さらに座布団から余っている。ようやく起きて座敷に出た昭蔵の前で、女は畳に擦りつけるまで頭を下げた。脚を正座にすることはなかった。

「キムチェンジャです。『キンチャン』と呼んでください」と言って頬を染めた。シゲの耳には「ください」が「くたさい」と聞こえた。

最近、日曜ごとに金蔵が車で出かけていたのはこの女に会うためだったのか。なるほど。それにしてもキンチャンは三十五には見えない華やかな若さがある。

まっすぐな髪の毛をうしろで束ね、結び目にプラスチック製の花飾りが光る。髪の毛は首の動きとともに背中で揺れる。ああ、黒くていい髪だとシゲは思った。

「韓国でもええ。どこでもええ。金蔵がええてば、それでええな、んだべ、お父ぅよ」

シゲの言葉に、昭蔵は何度も深く肯いて涙を垂らしている。老いた病人の涙は涎《よだれ》のようなものだ。昭蔵の意思とは関係ないと思い込んでいたが、この時ばかりは、シゲにも涙がうつりそうだった。

好きで一緒になるふたりを、間近で見るのはまぶしい。

大蔵と連れ添ったときも、昭蔵の妻になったときも、シゲは数歩うしろを歩いたものだ。家族の前では、恥ずかしさと照れくささで、人前では夫にまともに話しかけることなど考えられなかった。

キンチャンと金蔵は、テレビの中の若者と少しも変わらない。並んでいて大きな声で笑うし、肩に触れ、手を取り、顔を見合わせる。連れだって野良にも出た。

三軒先の老婆が手押し車にしがみつくようにして寄ってくる。

「あの、おなご、どこからきた？　毎日田さ行くねぁー。キンコーの嫁か。キンコーも男だった」

「……んだなー」

「今どき、好きで田サ入るおなごも、いるもんだべなー」

「……なー」

「眼《まなぐ》っこ細いたって、きれいな人だねが。あれで百姓続くべかな」

二度、三度シゲがうなずく間に、老婆は言いたいだけ言うと、手押し車を押してまた来た道を戻っていった。それだけ言いに来たようだ。犬も猫も通らないこの過疎の集落の昼下がり、遠くの空でトンビが舞い、近くの樹上ではカラスが鳴き交わしているだけだ。

背の高い立ち葵が咲き始めた。緑の中でそこだけでたっぷり赤い絵の具を使ったようなものだ。

町の飲み屋で働いていたというキンチャンを見がてらか、金蔵をからかいに来るのか、晴れて昭蔵の後継者として農協に届けた金蔵を祝いにか、村の衆が押しかけて来た。申し合わせたように一升瓶を二本に縛り、のし紙を貼りつけて。

このたびは、金蔵さん、まことにおめでたいことで、と口上を述べて上がりこむ。

酒が入り、賑やかになると誰かの大声がシゲの耳を刺す。

「この家の息子だち、はー、勉強ばーりして、山、まるまじ食ってしまって、その上さ中風になったオヤジさんどご見に来ねぇ。したどもキンコーはええどこあるでぁ。えがったなー、なあ、オヤジさんよー」

そして昭蔵に酒を勧める。

もうこれ以上飲まさないでほしいとシゲは願う。ようやく小康を得て持ち直した昭蔵だ。だが昭蔵に酒が入れば、物を言わないだけにブレーキもきかない。

酔った男たちは意味ありげに『アリラン』を歌い出す。ひとりが始めるとふたり三人と歌うものがふえ、同時に手を打ち鳴らした。歌詞があやしげになれば、キンチャンがひとりで続ける。切れのいい声を引き延ばして故郷の歌をうたう。拍手と歓声が上がる。キンチャンは飲んだくれの男たちを怖れない。シゲがそっと座敷に入ると、キンチャンは金蔵に半ばもたれるように座って、本家の親方に酌をしていた。何よりもシゲの目を引いたのは、キンチャンが裾の広いスカートの中で立て膝をしていたことだった。

男どもの前で、立て膝で酌をする嫁。シゲは首をすくめて台所に戻った。

おなごワラシコは、片膝立てるもんでねぇぞ。見たくもねぇ。昔、ひどく祖母に叱られたことを思い出した。

朝鮮半島の人、韓国の人か。キンコーにやられたなー。シゲはひとりつぶやく。

昭蔵のそのあとの発作はきついものだった。

一日遅れて、昭と和昭から電話があった。ふたりとも同じことを言う。

「何しろ忙しい。悪いけど行ってる時間がないよ。わずかだけど送るから、好きなものを買ってあげてよ」

届いた書き留め封筒には申し合わせたのか、新券の一万円札が一枚、張り付くようにして入っていた。

ようやく退院した昭蔵は生きる気力を失いかけていた。そしてシゲよりもキンチャンの方を呼ぶことが多くなった。

尻を床に落とし、片膝を立てて座るキンチャンの、いつまでも濁音と清音を取り違えたような話し方がシゲには不本意だった。だが、キンチャンがおのれの亭主どころか、その兄のそばに行き、妻のシゲをおいて介護を平気でするのがもっと納得がいかない。そして気むずかしい昭蔵が、キンチャンには聞き分けの良い患者になるのは、さらに腹に据えかねる。

シゲは、何度も便意を告げる昭蔵に当たり散らす。

「食うから出るんだべ。飲むから出るんだべー。こっちの体が持たねぇはー。膝も腰も痛むのに」

雪が降ってもキンチャンは龍神川に降りて汚れ物の洗濯をした。雪道を戻ってきたキンチャンが、ゴム手袋を脱ぐとその手は冷えてまっ赤だった。

「キンチャンよー、冬さなれば、使い捨てのオムツ使うどって買ってあるから、洗濯はもういいいよ」

「あ、おカネもったいないよ、母さん。わだし、大丈夫だよ」

相変わらず片膝を立ててキンチャンは昭蔵のそばに座った。

見舞いに来ていた成子が小声で言う。

「キンコー、いい嫁ッコ当たってよかったじゃない」

「んだってば。だれだったそう思うべ。飲み屋のオナゴだづうもの、田んぼさ入るべかって。一緒になるって聞いたときはびっくりしたった。いつまで持つべー」

「いいコンビみたいだねか。母さんラクせばいいね」

「んだ、まずは、ラクできるー」

「わたしだって安心だよ」

成子がまだ東京に戻らないうちに昭蔵が亡くなった。遺骨すら戻らない大蔵の死と違って、骨箱に入りきれいほど盛り上がった昭蔵の遺骨を、揺すって納めたときに、シゲは自分の半身が削り落とされたと思った。

葬儀では金蔵が喪主におさまり、息子たちは「遠来の客」でしかなかった。シゲは火のそばに黙って座っていることにした。

「受験だよー、こんな寒い家に、こんな寒い時期に、子どもたち連れてなんか来れないや」

「行ってらっしゃい、ご苦労様だってさ。ウチのヤツが。何がご苦労様だよ」

「いいよ、かえっていいじゃないか。キンオジが全部やってくれるんだから」

「いいたって、一応はオレ、長男だし」

「戻ってくる気なのか、兄貴？」

「戻るはずなんか、ないに決まってる」

「山とか、田んぼ、キンオジにまるごとやる？」

「おまえ、欲しいのか」

「いらねぇよ。おふくろはどうする？」

「成子ネエがいるじゃないか。オレ呼べない。できないよ。ウチのヤツ、警戒してる」

「だろ？　ウチだって同じ……」

シゲの耳に聞こえてくる息子たちの小声の会話は、想像していた通りだ。ときおり、キンチャンという名前も混じった。

となり村のシゲの親類たちも来て、幾夜もご詠歌が上がる。そのたびにキンチャンはこまめに煮物や和え物をこしらえて出した。

「エエ味だねかー。さすがは町の料理屋で覚えただけのことはあるなー」

「キンコー、えがったなーや、なぁ」

「おや、キンコーでねがった。今だらはぁ、親方だべ」

集まった人びとは金蔵夫婦に競って愛想を言った。

三十五日が終わっても、香典がどれだけ集まって、費用がどれだけ要ったか、シゲには報告がない。シゲが触れなければ金蔵夫婦も口には出さない。人の出入りがカネの出入りのようなひと月あまりだった。

成子が二度、三度と電話で尋ねて来る。

「オラ、知らされねぇことは聞かねぇ。こっちから聞いてどうする?」

シゲは、気まずい思いをすることを怖れている。なんと言っても金蔵はこの家で生まれた男だ。今では『後継者』だ。大蔵のあとの昭蔵のように。

シゲは家の中で波風を立てたくない。もう耐えることはしたくない。おだやかに終着駅に向かって歩みたい。カネみたいなものはなくても暮らせるのが、龍神ムラだ。

「キンチャン、お父ぅが世話になったな。しばらくゆっくりするべ、な」

「はい、ゆっくりします」

「金蔵と湯治にでも行くか? 温泉さ」

「温泉でないよ、いなかに行ってきます」

「いなか?」

「はい、ソウルからバス、一時間ちょとです」

キンチャンのいなかと言えば、韓国にあったのだ。となり村から嫁いでも、それが遠かったシゲとはちがう。

「韓国だば、飛行機だべ」

うなずいたキンチャンのよく動く唇には形よく紅が引かれている。

「切符とか、は?」

金蔵が割って入った。見たこともない空色のセーターを着ている。シゲは思わず上から下、下から上と見てしまう。

「き、き、き、切符もとっくに買ったし、み、みやげも買ってあるし」

「キンコーも行ぐずか?」

金蔵は激しく首を振った。

とがめられる前に予防線を張る。昔と同じだとシゲは思った。そうか、香典の中から旅費や土産代を工面したのか。うまくカネがあったことだ。

「遠いなー、キンチャン。ひとりで大丈夫か?」

「はい。たいちょーぷよ。韓国は近い、ちかい。飛行機乗ればすぐよ」

＊

山にもわずかの田畑にも、一面の靄が立ちこめた。

大むかし、龍神川の急流に棲んだという竜が吐く息か。靄の中を、腰にカゴを下げて、シゲは畑に向かう。ともすれば痛む膝をかばって歩く。長靴の底に、草を踏む音が濡れて重い。深いシワを潤してくれる靄の流れが顔に心地よい。

昼には、靄はきれいに消えてなくなった。

夕方、金蔵の車が止まった音がした。

本当にキンチャンが戻って来るか。

もしも金蔵ひとりならどんなツラをしてるか見てやろう。シゲは反射的に立ち上がった。

女が戻れば金蔵の勝ち。手ぶらなら負けだ。そんなことを思いながら土間を通り抜けて戸口の敷居をまたいだシゲは目を疑った。

金蔵とキンチャンの間に男の子が立っている。十歳にはまだなっていない背丈で、身体に似合わない大きな空色のリュックサックを背負っている。

「おぱーさん、こんにちは」

平仮名を拾うような日本語だ。少年と呼ぶにはまだ少し間がある男の子は深く頭を下げた。

「……はぁ……」

シゲは返事に詰まった。男の子から目を離せない。散髪をしたばかりと見えるうなじがキンチャンを振り仰いだ。

「キキキ、キンチャンの……むっ、むっ息子だ」

金蔵の声が走った。ふだんよりもっと言葉が詰まり、大きく呼吸をする。

「子どもです、……ユゥアン……わたしの息子。日本で育てます。とーぞー、よろしくお願いしまーす」

キンチャンに息子がいるとは。シゲは一度だって聞いたことがない。日本で育てる？日本とは龍神ムラか？

金蔵の子にするのか。金蔵はそれを承知で結婚したのか。「父さん」とキンチャンが呼んでいた謎が解けた。

なあ金蔵よ。おめぇの子にする気か。これから子育てをするのか。オイ、オナゴにやられたな、金蔵。おめぇは勝った。したども負けだねか。金蔵の背にシゲは口を開かずに語りかけた。

わずかに暖かいストーブのそばに座るシゲの前に、おみやげの箱や袋が積まれた。包装紙に、シゲの読めない字が並ぶ。キンチャンが産地や食べ方を説明する。

「おぱーさん、おみやけ、どーぞ」

少年が別の包みを持って寄ってくる。はにかみながらそばに立っている。

「日本語、習ったのか？」

「おぼえなさい、と手紙書いた、ね」

母親の表情で、キンチャンが息子の顔を覗きこむ。それから聞いたことのない言葉をいくつか連ねてから、「日本ではユーヤと呼ぶの」と紹介し、息子の肩を引き寄せて頬ずりをした。キンチャンの母さん顔は、今まで見たどの顔よりもやわらかかった。

＊

一輪車を押して裏口に回ると、石ころ道に響く音を聞きつけたのかユーヤが現れた。畑には行かなかったようだ。前の日、草取りの手伝いをさせられたのが懲りたか。細長い手足もよく灼けている。

「ホレ、ユーヤくんよ、突っ立ってないで、おばあさん、おかえりなさい、って言うんだったべ。こういうときに使うんだ。おかえりなさいって言ってみれ」

シゲは笑い掛ける。

「おぱあさん、おかえりなさい」

「あははは、言えたべ、ホレ」

「いえたぺ、ほら」

少年のシャツのドラえもんが赤い口を開けて笑っている。小学校は夏休みで、この子は退屈しているに違いない。

韓国では祖母に育てられていたと言うが、母親と離れ住んで数年。いきなりその母親がやって来て、今度は親代わりの祖母から引き離された。遊び友だちとも別れて、隣近所にはもはや同い年の子どものいない龍神ムラに来た。

一輪車から鍬や草刈り鎌をおろしたが、小さな鎌を振り立てていたカマキリの姿はもう見えない。シゲは大根の間引き菜のカゴを抱えて台所に持って行った。

ユーヤはシゲのうしろを跳ねるようにしてついてくる。

ビーチサンダルを、ピタピタいわせて。

「おいで。ちょっと来てみれ」

シゲは思うように言葉の通じない少年を木槿の前に立って手招きした。あたりにはしぼんだ花がいくつも散っている。

「……ムグゥンファ……」ユーヤは大きな木に向かって腕を広げ、抱える仕草をしてから、はにかみ笑いをした。

「男ワラシコが喜ぶべかなぁどは思うども、なあ、まんず見でれよ」

シゲは白い花を一輪摘むと風車をこしらえ始めた。陽ざしがちりちりと照りつける下、シゲの手もとで花風車ができあがった。

ホレ、ホーレ。行くどー、ホーレ、まわったー。

シゲが手を前に突き出す勢いで、そこだけに生まれた風が花を回す。
ユーヤはいきなり高い声を挙げ、笑顔で手を打った。
シゲもつられて大きな声で笑った。

エゾヒガンザクラ

八月半ばの昼下がり、集落全体は静まりかえっている。わたしは、タクシーを降りても玄関には向かわず、生家の前にたたずんで、家の形を下から上へ右から左へと確かめていた。

わたしがほんの子どもだったころに、この家はもう百歳すぎたものなぁと祖母が言っていた。あの祖母も父母も、もういない。大きな萱葺屋根のところどころに目を凝らすと、灰緑色をした、あれは苔だろうか、地衣類といえばいいのだろうか、そんなのが萱にまとわりついているのがわかる。屋根は、どんなに空に向いていても、雪の重さと、うち続く雨のせいで葺き替えた日から土になりたがる。手入れが間に合わない様は、訳もなくみすぼらしい。おまけに、砂利を敷いた雨落ちには屋根から抜け落ちた萱が散乱している。

わたしの兄夫婦が、二人だけでこの萱葺家に暮らしている。建て替えもままならない中で、家が古いことをいちばん言われたくないと思いながら、そんなことは思ってもないそぶりで暮らす。

夏に入ってから、わたしは理屈もなくこの古い生家を思い出していた。死んだ父母が恋しいというのでもない。なぜか、今、見ておかないともう見られなくなりそうな気がして仕方がなかったのだ。


夕食後、百坪ほどの建坪があるという家の居間で、兄はジャイアンツが勝ち進んでいる野球のテレビ画面から目を離さない。六十九歳の専業農家現役だ。日に焼けた顔と腕は昔のままの色でも、亡くなった母に似て、髪がすっかり白くなり、祖母がそうだったように、腰を前に傾けて歩く。兄も屋根同様に老いていた。

「わたし、この家に来たくて来たくて仕方がなかったのよ。二年前、来たんだよね。それでも来たくなっててぇ」

食後の片づけが済んで、兄嫁の豊子さんが兄の隣に座った。

兄は目をテレビに向けたままで言う。

「おまえの生まれた家だ。来でぇばいつでも来いばえ。したども、あれ食いてぇ、これほしいって、豊子さ、無理言って苦労かければ、だめだどもな」

「なーんもぉ。ゆっくりしていけばいいね。いつだっておいで。妹だねぁ」

豊子さんも、即座に後を受けた。

二年前の早春、消化器系悪性腫瘍の手術をした妻を兄はかばう。入院数日目という彼女を見舞ったときは、手首が細くなり、あごが尖っていた。そのあごがやや丸くなり、その分シワも目立たない。

「義姉さん、元気になってよかったね」

「いい先生でよかったよー。先生ったら、年いけばそのうちだまってても死ぬからあわてるなーだのってはぁー」

コロコロと笑い、そこから入院中に見聞きしたことや、親戚のだれかれの噂ばなしに飛ぶ。さらに町に住む父の弟のこと、この村で農家を続けている従兄弟の話などが一段落したところで兄がようやく聞いてきた。

「まんず、まんず。トキエ、おめぇの方はなんたもんだ」

「ああ、わたしは元気よ。でも、世の中も人間も不景気。ひとつもいいことない。この先、日本の経済はどうなるんだか」

まずは兄を牽制する。

「不景気だものな。秋田県だって、どこもかしこも不景気だ。若いと思ってるまに年いくし。年いけば昔は中風で死んだのに、いまは死なせてくれねぇ。そうしてる間に、ほれ、認知症だかアルツハイマー、あれは家の者が難儀するべ。元気だどって油断すなよ、トキエ。油断せば病気になるど。うちの母ちゃんはラッキーだったべ」

若い頃は口数の少ない兄だった。

やや間をおいて兄は大きな息を吐き、先ほど細い薪を継いだばかりのストーブに斜めに向くと、ふたたび焚き口を開けた。八月のストーブもおかしく懐かしく、兄の心を覗くつもりでわたしも体を傾ける。ストーブの中では杉の根株の割り木が煙りながらかすかな炎を出している。夜の部屋に煙が匂う。日暮れから、二の腕を抱え込むほど涼しくなっていた。

「雨続きだったから、家の中、ジメジメって、お盆が来るというのにストーブ片づけられねぇのよー。そのうち、秋だ。なんでこう、日本海側さばっかり雨降るんだべ。稲も刈られねぇよ。トキエさん、あっちは年じゅう、お天気でええべなぁ」

豊子さんは一気に言うと、同意を待ってわたしを見つめる。

そういえば、昔、裏日本に住む者は天気のいい表日本に憧れたよねと、もう少しでわたしは声に出すところだった。「憧れたのはおめぇだべぇ」と、若い頃とおなじに兄が切り返せば、わたしの心は騒いだかも知れない。

「んだな。おじいさんがいっつも言ってたな。家から出はったたっても、家さは遊びに来ることとって。おめぇ、はぁ、盆だどって、よく思い出して戻って来てくれたでぁ。な、おいっ」

野球の解説が気になるのか、脈絡もなく出てくる兄のことばに、笑いながら豊子さんはうなずく。すると兄も彼女の方に向きながら上機嫌の顔をほころばせた。

二人は亡くなって八年になる父を、まだ「おじいさん」と呼ぶ。代替わりした兄を「おじいさん」と呼ぶはずの兄の孫たちは、そばにいない。とくに、兄が跡取りと目して育てた長男のコウタロウは、農業に関心がなく、秋田には戻って来ないという。

……山林はかろうじて農地改革に引っかからねかった。なんぼ時代が変わっても、この家ではこれを切り刻むことはできねぇんだ。先祖代々の家訓だ。おまえを大学に入れたこと、家族と子ども連れて、この家さ、いつでも遊びに来ることという交換条件だ、オラが死んでも、遺産相続だどってカラ意地はってはならねぇど……。

大学に行きだしてから卒業するまでの四年間ずっと父に言われ続けた。家族と子どもを連れて、か。そんな未来が来ることをあの時の父は信じていたのだ。

学生運動に熱中していたわたしを、父は吹雪の夜でも必ず駅まで迎えに来た。バスは冬季休業をしていた。わざわざ来なくてもいいのに、とわたしは駅頭で口をとがらす。父が前になって北向きのたんぼ道を進む。北からまともに来る吹雪に背を向けると、風が当たらねぇようにもっとオラそばさ寄れと言った。うしろ向きの父と前向きのわたしは、吹雪の夜道を顔を合わせるように歩いた。耳元でうなる吹雪に抗って、父の声にはいっそう力がこもり、カラ意地張るなよ、意地を張って生きるものではない……とくり返した。冷えすぎて感覚を失った足が、踏んでも固まるすべを知らない粉雪を蹴上げる。脚が動くたびに雪はキチキチと鳴った。

卒業したわたしは「もう相続の権利を放棄したんだから山もいらない、田もいらない、ぜーんぶ兄さん一人でとればいい。言っとくけど、家を出てもわたしは結婚なんかしないからね」と声を張り上げ、翌日の朝に、汽車に乗って、都会に向かった。

あれから四十年。祖父、祖母、そして母。最後に父が亡くなった。そのたびに帰省はしたけれども、兄とは素直にゆっくりと話した記憶がない。

二人しかいない兄妹でも、いつも家の中心にいるのは兄で、わたしは大勢の客の中のひとりに過ぎなかった。

(兄さん、人の老いる話や死ぬ話ってしたくないのかな。死んでから後の段取りや、もうひとつ後のことなんて、豊子さんと話すことあるの。わたし、兄さんとそんな話を一度もしたことないし。死ぬかもしれないって言ってた豊子さんの病気がよくなったんだから、こんな話はイヤかなぁ……)

そのうち、ジャイアンツの大勝で終わった野球中継が済むと、兄はのっそりと立ってその場を去り、豊子さんはわたしに風呂に入って休みなさいと促した。

秋田に向かう飛行機の座席にもたれて海と空だけを見ていると、常には意識の外に置いている故郷が、頭の中でグルグルと湧きあがり、どの場面も恋しくてならなかった。なに、故郷が恋しい？　お前がそんなしおらしいことを言うか、と兄は笑うだろう。馬鹿にされるかも知れない。

学生運動に熱中していたことが叔父から知れて、兄はどれだけ執拗にわたしを非難したことか。農業高校卒業後に大学進学という選択肢のなかった兄だ。おなごのくせに共産党の真似して、本家の馬鹿娘ぁ、親類中の笑い者だべ。そういう者が身内さいれば、あの叔父さん、銀行だって辞めねばなんねくなる。兄は他人の口でわたしを罵った。食事の時も兄はわたしから視線をそらした。

父と相前後して野良から戻る兄は、汗と草の汁にまみれ、泥をかぶり、馬糞混じりの堆肥が臭った。それに向かって、くさいとも言えず、学生運動のどこが悪いと開き直ることもできなかった。それどころか、比較的時間の自由がきく学生だからこそ、労働者たちに代わって立ち上がることに意義があるんだよ、などとは言えなかった。ついには父に叱られ、デモや集会から遠のくことになった。

プチブルめがーっ、と仲間だった者に罵られたとき、「持てる者」と言われるような何ものもわたしは持ってない。「持たざる者」以下に臭く汚れた兄と父の労働から私の授業料が出ていると思うと、切なく情けなかった。それを誰にも言えなかった。

親類や家族の目が届かないところに行こうと決めて遠い都会に出た。

障子の外がうっすらと明るくなっている。すき透るような静けさの中で耳を澄ます。

あれは風と柿の葉が擦れあう音。鶏が鳴く。カナカナゼミの重なり合う鳴き声。遠近の空気がどこかで撹拌されてわたしの枕元に寄せてくる。目をつむるといっそう感覚が研ぎ澄まされる。わたしは今、土台とゆか板と布団の厚みだけ大地から離れて身体を横たえている。土がこんなにもわたしに近い。都会の鉄筋コンクリート建ての十一階の小部屋に暮らしていることを思えば、この意外な発見は新鮮で感動的だった。

湿り気を帯びた冷気と静寂、池の鯉がはねては再び水に落ちる音、大きな鯉たちが水面で丸い口を開閉する音、蛙たちが水に飛び込む音、すべて昔のままの朝。

恋しいとあれほど思ったのはこれらだったのか。意地をはって働いていた頃は、故郷を懐かしいと思うこともなかった。兄が何をしようとわたしには関係がなかった。

兄夫婦は、わたしが来ていることを意に介していないふうだ。兄嫁の豊子さんには拍子抜けする。

ご飯の炊けるにおいがしてくると、七輪に消し炭を熾して台所の戸口の外でたった三切れの小さな塩サバを焼き、そのあとの火にナスを放り込んだ。その間にガス台では味噌汁が沸いて、冷蔵庫から漬け物を出す。味噌汁の具はジャガイモとインゲン。野菜は畑から採ってきて台所の床に置いてある。その辺にはキュウリが転がり、竹カゴには完熟トマトが積み上げてある。トマトの赤、ヘタの緑色が食欲を刺激する。大きな冬瓜はゴロリと間の抜けた図体。包丁を胴のまん中に割り入れたら、透明な汁がポタポタと落ちることだろう。ほんの子どもだったときに母の手もとを見て記憶している光景なのに今でも、小さな雫の輝きまで甦る。味噌汁の具になった芋に豆、焼いたナスも豊子さんがそこからひとつふたつを無造作に拾い上げただけ。そして「トキエさん、ご飯だよ」の呼び声で座った食卓。支度を始めて二十分もかかっていなかった。トマトが丸ごと皿に盛ってあった。どうみてもわたしは客ではない。その安堵感は、豊子さんがいつの間にか身につけてしまったこの家の母的感覚から来ているに違いない。ふだんのわたしには考えられないご飯のお代わりを、色鮮やかな小ナスの漬け物だけで食べていた。

食事が済めば、わたしは昔のように、朝のうちに玄関の前から、奥行きのある土間を箒《ほうき》で掃いた。見るともなく見張っていた祖母の声が聞こえるようだ。「嫁に行っても笑われねぇように、な」と。そういえば、わたしは生まれたときから、いずれ家にいなくなることを前提で育てられていたのだ。勢いをつけて飛び出さなくても良かった。

この朝も、雨落ちに屋根の萱《かや》が散らばる。わたしは箒を小脇にはさんで、腰を屈めて萱の屑を拾い、ひまわりの根元においた。数本ずつ、屋根の萱が土に返っていく。

朝の用事が一段落して兄嫁と居間に腰を下ろした。

「ああ、屋根の萱か？　カラスが遊んで落とすんだ。あやー、ほれ、屋根古しどって馬鹿にしてるんだべ。カラスが落とす萱なら知れてるよ。直すったって、莫大な金かかるもの。お金？　ないよ。子どもたちにかけすぎたなー。ホントに。合宿だってば、ハイ。アメリカさ勉強に行きたいてば、ハイって。したから働いたよー。病気になるまでは、な。したども、息子だの娘だのって、あてにならねぇもんだ。三回目に入院して、よぉーくわかった。よくよく悟ったよ。んでも、分かったときには、みごと、金欠病併発だ。トキエさん、オラは、あんたの生き方でいいと思うよ。あんたは良いときに家を出たね。おまけに独身貴族だべ。たいしたものだ。よーく一人でがんばってるなー」

独身貴族などということばが豊子さんの中では、まだまぶしく生きているらしい。

「トキエさーん、こうして遊びに来てくれてうれしいよ。妹だし女どうしだもの」

「ありがとー、でも、マサミさんだって女どうしだよ」

わたしは兄の娘の名前をいう。

「んんーん、マサミは来ないって。マサミの子どもたちは、田舎に行く時間ないってよ。

お受験の塾にピアノ、英語、剣道にスイミングだとよ。二人、毎日習い事があるんだどって、お盆でも来ねぇの」

「……」

「オラだ、人生、なんだどってこんたに働かねばなんねかったんだべな。つくづくと身に沁みるはぁ。子どもの学校、学校って。つくづく馬鹿だったね。おかしぃよ」

「この家も山も田も、みんな兄さんと義姉さんのだから、資産家なんだよ」

「なに資産家だべぇー。固定資産税払うのに難儀する資産家って、世の中さ、いるもんだべか。山の木もあらまし売ったし」

税金を払うのにも難儀する資産家。そういうことになっていたのだ。

「ああ、山、そういえば、長者岳の、ホラ、向こうのオラ家の山、あそこの桜、おじいさんがとても大事にしていた桜あるべ。トキエさん、覚えてるか」

四月を待ってまっ先に咲くあのピンクの濃い山桜のことだ。エドヒガン、いや、エゾヒガンだった。秋田の言葉ではどちらも正解だが。

山仕事の帰りに父がひと枝を手折ってきてくれて、幼かったわたしは春が来たってうれしくって、うす桃色の桜を、ゆらゆら振り回して踊った。頭の上に、ひと枝分の春風のそよぎが聞こえたものだ。

運の悪いことに、わたしは満開の時期にいちども父の自慢の桜を山へ見に行ったことがない。父の笑顔と一緒に桜自慢、桜の誉め言葉を聞くだけだった。家には軽トラックも乗用車もまだなかった。

「桜は、雪が消えて、さあさあ、田仕事さかかるんだーって教えてくれる花だ。山の神様が、田さ降りてくるお使いだよ。オラ家の山の桜は、まんず、このあたりで一番きれいだ。陽当たりがええ場所さデーンと。山から戻るときには、いっつも桜の木さ言って聞かせる。『桜皮《かば》細工の樺《かば》師《し》に皮剝がれるなよ』ってな」

父が熱く桜の話をすると、母も必ず加わった。

「あの桜が咲けば、えがったかー、悪かったかーだものぉ。田さおりれば、はぁ、あとは死ぬほど忙しくなるー。したどもまんず、きれいな花っこだ。そのあたりの山桜と違う。エゾヒガンザクラだとよ」

あの桜が今も健在だった。思ったこともなかった。

「その桜が、どうしたって」

「まんず、聞かせる。したども、ちょっと待ってよ」

声をひそめてから豊子さんはハエ叩きを取ると、網戸の前にパタパタしていたハエを叩いた。ハエ叩きの柄から取り出した小さなピンセットで、落ちたハエを土間に放り投げた。ハエはもう動かない。

「あのなトキエさん、あんた自然葬ってわかるか」

「海や山に遺骨を葬る、っていう最近のあれでしょう」

「そうだよ、あれ、オラ家の山で、それもあのエゾヒガンザクラの下でやられるところだったんだよぉ」

「なに、それ。他人の山に勝手にか。けしからんね」

「んだよ、けしからん、だべ」

うちわであおぎながらトキエさんの話が始まった。

あの日なぁ、国道の端の、ガードレールの切れ目さ小さい車が一台停めてあったのよぉ。秋田ナンバーだども、知らない車だった。山菜採りだべか、オラの山さ横付けするか、って思った。オラだ、はあ、自転車で国道、せっせと漕いできたんだ。うん、山菜採るふりして、ホントは早く桜を見るべと考えてよ。早く桜の下さ行きたいから、林道やめて、崖っぴらからまっつぐゼンマイ採りとり行くべって、雑木さたぐり付いて登りかけた。うん、病み上がりにしたら元気すぎる、死に損ないだ、確かにな。まんず、まんず。したっきゃ、人の声聞こえるねぁ。てっきり山菜採りだと思った。したどもコソコソ、コソコソって。山菜採り、なしてコソめぐってぇ。

そう思ったば、背中、急に寒くなる。

あやー、これなんだべ。そう思えば、わぁ山さ来たっずに、わぁまでコソめがしておかしぃよ。したから考え直して登ったはぁ。それでも心臓ドキめく。

サクサクッ……が、こんだ、ザクッ、カッカッカツッ……金気《かなけ》のものが石に当たる音。上まで来て見たらなんと、スコップ持って桜の下掘ってるんだよ。男の人、オヤジだべな。女の人が持ってるものは、あれ、ほら、きれいな袋っこさ入れた骨壺。わかるよ、それくらいは。それで、その袋っこさ、手入れて、骨っこ、取り出すのよ。石で潰そうとしてた。現行犯見つけた。オラだ、叫んだよ。『待てー、おめぇだちぃー、なにするどこだー』って。夫婦だべ。二人して顔見合わせてシラーとしていうもんだ。『自然葬だ』って。あやー、びっくりした。まんずはぁ、動転《どでん》した。

『なしてオラ家の山さ、骨っこ砕いて埋めるってぇ。今すぐやめれぇは』

はじめはそろっと叫んだ。薄気味悪いべ。スコップでも投げつけられたら、って考えたんだよ。逃げるとなれば今のオラさは、体力ねぇもの。したば、

『何の権利があって止めるんだ』

だどよ。「権利」だどって、ホレ、やっぱしうす小馬鹿臭い連中だったんだ。

『権利も何もねぇよ。オラ家の山だよここは。墓にするって誰に断った。誰がええって言った。うちの父さんの山だよ。そったことやめて今すぐ帰れ。きれいに均して行け。山桜の下さ自然葬してぇば、もっと奥の国有林さ行けばえねぇ。自分の庭さ桜植えればえねぇ。このあたり一帯はオラ家のもんだ。誰の骨だか知らねども、そうやって山さ捨てるんたことは、やめだほうがえな。バチあたらぁ。墓買うかわりに自然葬ってか。あやぁ、仏様がかわいそうだべ』おら、そう言った。やっとの思いだったよ。したば、

『あ、おばさん、地主さんさ逆らって悪いけど、どこ探しても、ここほど良い条件の桜はないすよ。最高だすよ。陽当たりもいいし。これほどみごとな花を供えてくれるところはないすから。あ、うちの母親、桜が好きで。ただし、これだけは違うすよ、ここを「墓」と思ったのではない。あくまでも自然葬、それも樹木葬だから』

『だめだ、だめだ。騙そうたってだめだ。骨を埋めたら墓だ。帰れ。帰れー。土、均し

て帰れー』って、しまいにはオラ、ありったけ叫んだよ。なんと、はあぁ、田んぼで鍛えたええ声だぁ。町の人たちには負けねぇよ。大声出せば、こっちのものよ。

「それで、その二人は帰ったの？　素直に？」

「ウン、帰ったっけ。林道から来たんだか、そっちさ回ったっけ。オラもなかなかやるべ。したども、あの桜がきれいだんて骨を埋めるだのっては、オラも気がつかねがったなー。自然葬たってつまりは埋葬ではないんだか？」

豊子さんは、次第に声のトーンが高くなる。うちわがしきりと動く。

「そうか、あの桜の下とは、思いつかなかった。うーん、いいねぇ。やられたねー」

「そうだよ、おじいさんの自慢だったもの。このあたりでは一等の桜だって。アレぇ、まさか、トキエさん、あんた、あそこをねらってる？」

「んん、それにしても、ねえさん、良いタイミングだね」

「おじいさんが呼ばったんでねぇの。そう思うよ。山菜なんかあんな遠くまで採りに行かなくもてえぇんだからー。前の年見てないから急に桜見たくなって行ったべなー。病気で死んでれば、見るもなんねぇ。生きてれば、桜って、見るだけで最高だねぁ」

両親がどれだけ誇りにしていた木か、わたしにもわかる。その思いが今ではすっかり兄嫁のものになっている。

豊子さんは、立って冷蔵庫から、アイスモナカを二個持ってきた。一個をわたしに黙って差し出すと、自分はすぐにパッケージを引きちぎった。わたしにはアイスが欲しいというほどの暑さではなかったが。

上敷きの藺草《いぐさ》がサラリとして素足に気持ちが良い。思い切り足を伸ばして素足の裏まで見せて座った二人が、やや斜めに向き合ってアイスモナカを齧っている。豊子さんの足の裏は、かなり汚れていた。わたしの足裏は、自分には見えない。

アイスを食べ終わると、豊子さんはアクビを一つしてその場にコロリと横になった。喋りすぎたのか、疲れたのか、体を『く』の字にして黙った。外ではアブラゼミに混じってニイニイゼミの声がした。都会のクマゼミの騒々しさとは異なる、久しく忘れていた本当の蟬だった。ジワーッと心にしみるようだ。

この家にいるとわたしは何をしても、何を見ても幼い頃のことや、老いた祖父母と若かった両親を思い浮かべる。そうして心がゆるくなる。わたしは亡霊などという言葉は好まない。魂がいるとかいないとかも考えない。魂が漂っているのではなく、わたしの記憶が揺れるだけだ。

わたしの幼い頃、この家に豊子さんはいなかった。あとから来て、家族のいなくなった家を守っている。背は高い方ではないが、兄よりも強烈な存在感がある。豊子さんは、隣村にある実家の兄嫁とウマが合わず、行き来が途絶えていると聞いたことがあった。その分、この家に思いが集中するのだろう。

翌日、「戸障子が重いね。ここまで家が古くなった」と水を向けると、豊子さんは、古い萱屋根のせいで次男のタカシが学校でいじめられた話をしだした。


学校さ行きたくないって言うのは友だちにビンボーって呼ばれるのがイヤだったんだって。バブルだどって近所の兼業農家までが次々とはやりの新建材で家を建てる時期に、わぁ家はいつまでも古家で恥ずかしいって、大泣きしたんだ。おじいさんが四年生のタカシさ教えたっけ。

『専業農家だから、いい天気にはうんと働いて、雨が降ったら休む。したども、兼業だら、そうはいかねぇ。勤めの合間に田んぼさ行く。休まねぇば、金貯まっても体壊す。ほら、○○の父ちゃんもそうだべ。

雨降ればゆっくり休んで本読んで、何日でも考える。これが本来の人間のありようだ。考えるためにも人間には学問が必要だ。タカシよ、好きなだけ学問せぇ、死んだ昔の爺さまを誇りに思ってな。家の建物は、生きてる間の仮の住まいだどぉ』と。

タカシさ、『仮の住まい』がわかるべか。したども、それ聞いてコウタロウだってマサミだって勉強したんだよ｜。お互いに負けられない。仕方ねぇ、はぁ。


進学してコウタロウとタカシ、マサミまでも家を出た。しかも末っ子のタカシは研究職で日本に帰っても忙しいらしい。兄夫婦は、孫が生まれて本物のじいさん、ばあさんになっても、その顔を年に一回、見るか見られないか、らしい。

八月十三日、盆の墓参りの日が来た。隣近所からは、数日前には聞こえなかった幼い子どもの声がする。それぞれの家に孫たちが来ているのだろう。キンキンと尖った甘い声が、ゆったりした空気を震わせる。

限界集落に近づいているんだと兄が自嘲を込めて言うように、四十数軒の集落に、ふだんは幼い子どもの数は十人にも充たない。

兄の家には盆というのに、三人の子どもたちが一人も帰省しない。孫も来ない。わたしは花や供え物を下げて、夕刻、兄夫婦と集落の墓地に向かった。玄関に鍵をかけない豊子さんに、戸締まりはいいの、と尋ねた。ああ、盗るもの、なーんもないよ。振り向くこともなく足は山門から墓地へ急ぐ。ああ、このにおいだ。草と土のにおいに溶けて、線香のにおい、供え物の甘く饐えたにおいも混じる。空気は昔と同じでも、目に付くのは壮大な石塔の数々だ。玉垣を廻しステップをつけ、あるいはバリアフリーのスロープなど、墓石屋の展示会に来たようだ。

「わあ、たまげたねー。ここは金持ち村の墓場だ。『草葉の陰』がないよ。みんなコンクリートを貼っている」

思わずわたしが叫ぶのに、兄は声が大きいと制しながら自らも言わずにおられないとばかり、ニヤリとして言う。

「大きな家を建てたら、次は墓だべよ」

「へえ、兄さんわかってるぅ。おじいさんの心境だね」

「あったりまえだ。オラは、こう見えても国家的専業農家の失敗の一大見本だ。どうにもなんね。おとなしくしてるだけだ」

「新しい石塔建てたくない？」

兄嫁がそばにいないのでわたしは調子に乗る。

「馬鹿か。おまえが入る墓は、あっちだべ。オラと豊子はこっちだ。余計なことは喋るな。墓石をチョコっと傾《かし》げて納骨するというけちなものはオラは大嫌いだ。こんたに広い墓場さ、ひとり分一つ、でっかい穴掘って、骨箱さどっさり土かぶせる。そこさ石置いて、縄で石吊して堂々と白木の塔婆を立てる。ああ、死んだらせいせいするべな。骨箱も骨も腐れば、こんどは、はぁ、土は平らになって草葉の露だって。わぁ家の墓場は草ボウボウの理想だー。ははは……」

声を抑えて兄は笑う。肩が揺れる。聞こえているのかいないのか、豊子さんは重箱を片手にせっせと蓮の葉にのせた供え物を配って歩いて回る。兄も、赤いミソハギや黄色いオミナエシ、色とりどりの百日草の花を数本ずつ、石塔や墓石の前に置く。昔どおりの半紙に包んだ抹香と、ろうそくに火を点す。傾けて垂らしたロウの滴にろうそくが立つ。墓参りの一連の作業は寡黙で忙しい。それから兄は残りの花をわたしに押しつけて「あっちの墓さ行け」と指さして言う。

本家筋の墓から二軒分他家の墓地を越すと、代々の傍系の墓場がある。またも草の刈り跡を踏んで立つ。そこにも大きな石塔が二基とそのうしろに土盛りや積み石がいくつ

も一見無造作に並ぶ。その面積はわたしの住む1LDK一戸分もある。昔の爺さまの弟で海軍の誰それ、その家族、父の妹、それから|、と墓参りのたびに聞かされて育った。見たこともない人たちとの血のつながりを実感し、心で言葉を交わす貴重な場所と時間だった。

あたりに夕闇が迫ってくる。赤い花柄の浴衣を着た女の子が、ねえ、どこなの？ などと言いながら駆けている。先を行くあの大人は、誰だったか。屋号のある石塔の前で立ち止まればわかる。時間の流れが一瞬逆流して、すぐに昔に戻る。だがわかっても声をかけ合うこともない。

「おい、トキエ、おめぇの好きな場所を決めておけよ」

（いらないよ。わたし、死なないから）わたしは心の中で兄に逆らう。

背後から来て、兄が数珠を持った手で、古びた黒い墓石に水をかける。濡れると、ろうそくの灯に先祖代々と彫った文字がいっそう黒く映える。そうしてあっちへ行き花を供え、こっちへ来て水をかける。

父と母の遺骨が納まったあとの丸っこい自然石にろうそくが傾いて立ってなおさら灯が揺らぐ。右へ左へと風が揺らすのだ。父や母の在りし日の息づかいを思わせる。しゃがんだ足もとに数本の太いイタドリが鋭い刈り跡を見せている。草というのに切り口は手で撫でると刃物のようだ。よく研いだ鎌で兄が刈った草。

イタドリよー、父さんを養分にして出て来たのか。母さんの方が早かったから母さんか。ふたりともおそらく土になったことだろう。新しい抹香の灰も雨と共にその土にしみ込む。

早い夕食がすみ、家の前で迎え火を焚いた。炎の向こうに、緑色の草を見つめ、思いついてひまわりの根方から、集めておいた数本の古い萱を取り出して燃やした。炎越しに揺らいでいた草が、火が消えると元の姿で立っている。萱と杉の葉を燃やした頼りなげな熾火が重なって崩れ、ついに辺りが暗くなる。わたしはしゃがんで手を合わせながら、ふと、あの桜の土になるのなら、イタドリなんかよりもずっといいと、わだかまりがひとつのことに収束する。

おめぇの好きな場所を決めておけと兄が言った。ムラで一番に広いといっても、家の墓場の片割れに入らなくてもいい。分家だ傍系だと、家族すら持たないわたしが肩身狭く入る所ではないだろう。

家は生きている人たちの場所。誰でも遊びに来いよという所だ。墓は死んだ者たちの場所。誰でも入れとは決して言わない。残った者たちが、直系、傍系と土を隔てて死後も血族のステイタスを確認し合う。

兄と本家の墓に入る豊子さんがいる。墓地に来て、わたしは死んでも越えられない事実に気がついた。

おじいさんが呼んだような気がしたと、病気のあとにもかかわらず、桜を見に行く人だ。土が好きだと言って、今だに畑を作り、鶏を十羽ほど飼って卵をとる。死ぬよりは生きてる方が、なんぼかいいか。木魚叩いて拝まれるより、畑さ行って、熟れたトマトかじればなんぼかうれしいか。死んでもいいと思ったども、これは取り消しだ。オラだ、わぁのために生きるよ、呆けたって車いすだって、生きていくと言った。

豊子さんはそんな人だ。まぶしい生命力は土に根ざしているからだ。


夜が明けたら都会の喧噪に戻るのだ。

また仕事だ。そう、生きてる間は働こう。

草の中で、土にまみれて、生まれた家の静けさの中で、人の死や老いなどを考えようと目論んだけれど、もう時間がない。ぼんやりしていても時は流れていた。突き詰めて考えなくても、これがそのまま結論かも知れない。

何かあればその時に考えよう。わたしはわたし。生き方は豊子さん流でいい。

ほっと明りが見えた気がした。

昔からの二股ソケットに小さな灯りがある部屋で、横になっても眠くなかった。それなら起きていたらいい。そう思ったのに、いつの間にか眠ったらしい。

わたしは桜を見に行こうと急いでいる。国道の街灯は、忘れたころにひとつ、また忘れたころに一つ。光が連続しない。父の桜は、街灯からは遠い。脚が重くなるまで歩いて林道から行けばひどく遠回りだ。崖っぴらを登ればいい。なーに、手探りでも、こうしてシダがあるしフジも雑木もある。たぐって行けば、沢に落ちることもない。まっ暗闇の中で桜がみごとに咲いている。ほら、ほら、ごらんよ。どこ？　ああ、光がない。うーんと力んで目を見開いてごらん。自分に命じる。と、いつか見た桜が急にたちあがり、ゆるやかに桜色が渦を巻く。ついに見えた。闇の中に満開のエゾヒガンザクラ。空も地もびっしりと埋め尽くす桜。ホォッと大きな息をすると花が騒ぐ。その風に乗って「花の時に見たこともないくせに」という声がする。あっ、豊子さんだ。いいよ豊子さん、本家の墓全部あんたのものだからね。羨ましくないから。分家の墓もついでに全部あげるし。でも言っとくけどね、いつだってわたしは本家の一人娘だよ。いいからいいから。わたしはこの桜の下に自分の骨を砕きに来たんだから。ひとりでできるよ。大丈夫、自分でするから。


朝が来た。

田の見回りに出た兄が、戻って来たら車でJRの駅に送ってくれることになっている。裏に出て兄を待つのだが、急に土蔵のまわりを歩きたくなった。

土壁の四方全面を覆った板壁が、とくに北西側が下の方から朽ちている。上を見ると、釘が腐ったのか板が浮いている。雨に陽に風雪に曝されて、傷むしかなかったのだ。露に濡れた足もとの草の上にしゃがむ。視線を低くすると見えるのは、板壁の内側であちらこちらと小さく崩れて落ちた壁土。正面の入り口から覗くと土蔵の表扉は開いている。大きな鉄の鍵はどこだ？　その辺にあるはずがない。石の階段に履きくたびれたスリッパとわら草履があった。

足を置くとわら草履は湿気を帯びて重い。長めのスカートの裾を意識して草履を爪先で持ち上げ、石の段を一段上がる。また一段。まっ白な漆喰を塗り込めた内扉に手をかけた。両足を踏ん張って腕に力を込める。扉はピクリともしない。鍵がかかっているらしい。

階下にはかつて大きな味噌樽がいくつも並び、米俵が積まれていた。二階の窓の扉も重い土製に鉄の取っ手があった。道具類を納めていた長持や古い箪笥。冠婚葬祭に使う漆器類。何もかも子どものわたしが触ってはいけないものばかりだった。いまでは味噌樽まで全部豊子さんのものだ。何が無くて何があるのか、わたしは開かない土の扉を凝視する。

家の手入れもできない当主のいる家で、わたしは何を得ようとしていたか。朽ちるにはまだまだたっぷりと間がある。時期尚早、時期尚早。

「トキエー、行くぞー」兄の声がする。

卵を産んだのか、めん鶏の声が兄の声と一緒になってせわしい。

豊子さんは早くも畑に行くいでたちだ。盆の最中というのに日よけ帽にゴム長靴で、「また遊びに来てよ、お墓参りしてくれてありがとうね」と手を振る。

墓参りの礼を言われる筋合いは無いよ、と腹の中でつぶやいたときに、もう車は動いた。兄は駅ではなく空港まで送ると言ってくれた。

車の中でわたしは土蔵を話題にした。

「あれはなおそうとも潰そうとも思わねぇ。潰したって、その土をどこさやる。産業廃棄物だ。廃棄物だでぁ。運ぶもおおごとだし。昔、金あったから建てたんだべ。いま金はない。ぶっ壊すのに千五百万円要るづぅね。建てれば億だ。びっくりすべぇ。したから、潰れる日を待つ。面白ぇなー。蔵づぅものは待ったってそう簡単には崩れねぇもんだよ。見ものだべなぁー。我が家の栄光の自然葬だ。残念ながら、オラの代では見られねぇべよん。人間ずぅものは、先に死ぬものな」

街路樹のサルスベリが続き、赤い花、白い花が曇り空にいやに饒舌っぽい。

「また、来いよ、トキエ。おめぇみてぇに、実家に関係ねぇふりまければだめだ。オラの子どもたちが真似をする。もっとたびたび遊びに来たらええべ」

（えっ、わたしの真似してるって？）聞き捨てならないと思いながら黙った。

「わかった。来るよぜったいに。この次は蔵の二階にあがってみたいー」

「蔵の二階？　何もねぇぞ」

「うん、何もないのを見たいから」

兄の横で、前方の太陽にかざすわたしの手にはシワが増え、静脈が浮き、爪には縦筋が幾本も浮いている。美しさを保とうと努力した時期もあったが、いつか、日に焼けた母そっくりな手になってしまった。

その手で、車を降りた兄と握手をした。兄は握った手に力を込めて、絶対にまた来いよとくり返す。わたしは半世紀ぶりで兄の手に触れていた。兄とつながって、力を得た思いがした。

庚申《こうしん》様の松

萱葺屋根すれすれに、数えきれない数の秋アカネが舞う。その上の薄青い空との取り合わせが、千歳に母の故郷に来たことを実感させる。ため息まじりにしばらく眺めてから千歳は、首を突き出し、背を屈めて戸口をくぐった。

「塔子さーん、来ましたよー」

土間の奥から、頭の手ぬぐいを外しながら、すぐに塔子が現れた。

「ああ、千歳さん、今のバスだったぁ。よくきたね」

黒光りのする柱に、七十歳の塔子の影が映ってあわあわと揺れる。

「まぁんずまず、お母さんの一周忌が済んで……。いてあたりまえだった人がいなくなったら、あんたもこたえるべぇ」

幼い時から親しんだいとこの塔子に会い、古い家の匂いに包まれた瞬間、「ち　とせ　な　のー」と、母が手を伸ばして来そうな気がした。母の生まれた家に来たのだ。

「きのうが彼岸の入りだのに、今年は暑くてぇ。まだ小菊、咲いてくれないのよ。コスモスがやっとというところだもの」

異常気象とよばれる現象は、このような片田舎の季節まで狂わしている。

「あんたのお母さんの親やら兄やらの墓さ参りに行くんなら、雨降らないうちに、今のうちに行っておいで。ゆっくりするのはそれからだね。その辺に咲いている花、好きなだけ摘んだっていいよ。供えてあげて。畑にもまだいっぱい咲いてるし」

千歳の母の親や兄やらと言うなら、塔子の祖父母や父親になる。墓に『入っている』なんて、かくれんぼみたいだ。もういいよー、の声が聞きたいな……。

千歳は塔子のそばにいることを実感する。砂糖まぶしの表現を決して使わない塔子が好きだ。

「あしたは一日、雨らしいから」

今のうち、今のうち、とくり返しながら、塔子は千歳の脱いだ黒い革靴を土間の棚に片づけて、代わりにゴム長靴を出してくれた。

「それじゃあ、お花をもらって行くわ」

千歳の母は、亡くなる数年前、しきりと故郷を恋しがっていた。どんな話題でも、いつの間にか決まって秋田の家に行きついた。囲炉裏を囲んで過ごした冬の話、山菜を茹でてムシロにひろげた春の話、それからそれからと話は尽きなかった。

黒く煤けた太い梁の下で塔子の声を聞いていると、たちまちに心に貼りついた仕事の殻が外れ、母と幾度も来た時のやさしい千歳自身に戻る。

大きな萱屋根の下で、古い家が放つ息のようなもの。母もその親たちも踏み慣らした土間の吸い付くような感触。古びたやわらかい畳や、きしむ床から立ちのぼる湿り気。太いまっ黒な梁から垂れ込めてくるにおい。その中で、早口に訛りを隠さない塔子と、その夫の大五郎の茫洋とした存在感。どれひとつとっても、電子機器と書類と多くの人に埋もれて、先年まで働いていた千歳の周りにはないものばかりだ。

ガラス窓の向こうに見える庭先には、秋海棠《しゅうかいどう》が紅色濃淡の花をつけている。もっとも、庭などと呼ぶよりも草藪か。伸び放題の草の上に、一カ所を縛られた萩がまとまりもなく覆い被さって細かい花を咲かせている。タデやエノコロ草、ミゾソバなどの野草の花の中に、園芸種の花が見えかくれし、植物たちはわだかまりなく領域を許し合って、ひとつの風景となっている。

「ところで、おサトさんは元気にしてる？」

サトを先頭に川で水浴びをした夏のこと、栗を拾いに行った秋の話なども、千歳は母から何度も聞かされていた。

名前と同時に、家の横にそびえて、上空の風と遊んでいた巨大な松の木が浮かんだ。

小さな家の中に招き入れられたことがあった。昭和三十年頃だったから小学校の一年か二年だった。

あの戦争が負けそうになった頃、サトたち母子三人は、集落のはずれにある小さな作業小屋に住みついたという。

疎開ってなあに？

海軍さんてなあに？

将校さんてなあに？

どうしてオジサンいないの？

あの写真の男の人はだーれ？

どうしてお部屋がひとつしかないの？

おばさんはどうして下を向いてお針仕事ばっかりしてたの？

母の手に引かれた帰りの道みち、千歳は母を質問攻めにした。

母とサトが話すあいだ、退屈をもてあましていた千歳の手に、サトは茹でたジャガイモの小粒を二個握らせ、帰りぎわに千歳の頭を撫でてくれた。ひとつはすすめられてその場で口に入れ、飴のようにしばらく口の中で転がした。すこしも甘くなかった。

あとのひとつは片方の掌に握りしめていた。

千歳の質問の都度、母は「それはねぇ……」とおそろしく長く引っ張って、すぐには答えてくれなかった。

並んで歩く道の片側は切り岸になって視界が開け、眼下に田んぼが広がる。その向こうには長い土手があり、川が流れている。道を歩く二人の背後では、松の梢に風が鳴っていた。その音が恐ろしくて、千歳は黙るのがこわい。次から次へ喋らずにはいられなかった。

……それはねぇ、おじさんが戦争で亡くなっちゃったからなのよ。お船がねぇ……海に沈んでしまったんだって、ええとねぇ……、おじさんも一緒に沈んじゃったの。あのねぇ……、町にあったおうちがね、……ええとねえ、焼けちゃって……。ううん、火事なんかじゃないの。爆弾が落ちてね……。チイチャンが知らない時のこと……。

松の風が背中を押す。切り岸から振り落とそうとするように背中をぐっしぐっしと押す。母の手から千歳を振り切ろうとするのか、風がはげしくうなった……。


土間に突っ立って、どうしてこんなことを思いだしたんだろうと思っているところへ、塔子が大きな声で言う。

「ああ、あの人？　サトばあさん？　元気だよ。ますます。なんたって若い人たちはおばあちゃん、おばあちゃんってあがめ奉っているんだから」

「あがめ　た　て　ま　つ　るってなによ？」

幼い日のような質問をした千歳の耳に、ふいに松の風が鳴った。あの風は、よそ者になってしまった母とその娘を吹き飛ばそうとしたではないか。

「たてまつるって、奉るよ」

塔子の即答は歯切れよく、あの日の母とは違っていた。

「いてくれてるだけでもありがたい、生き神様か生き仏様か。……遺族年金がドッサリ下りるんだからね。……現金だもの」

「戦死した旦那さんの？」

「そうよ、自分は針仕事するし、よその家の田でも畑でも手間賃もらって稼ぐし、夜昼、働いて。ん、なしてって？　遺族年金はもったいなくて使えない。使わないって宣言したんだとよ。全額積み立て貯金してたんだって。塩舐めてがんばって一円も手つけないでいたのよぉ」

「女手ひとつで。あの時代に。たいしたもんね」

「な、たいしたもんだべぇ」

塔子は上がり框に腰を掛けて、伸ばした両の膝がしらや太腿を、ズボンの上から手で撫でさすり、また続ける。

「家の前で海老ほども曲がった腰、二つに折って座ってるわけ。それで、人が通るたんびにあの大きな声で『銭ッコって、貯めれば貯まるもんだー。これこのとおり立派だ家が建つ。おじいちゃんのおかげだよ』って、下からグエッと見上げて喋るのよ。行くとき聞かされて、帰り道にも聞かされる。昨日も明日も。たまらねぇべ。ああなれば呆けた人のすることだ。『ありがたい、ありがたい。娘夫婦が一緒に住んでくれる』って。だれ彼なしに、手ぇ合わせて拝むんだもの。『大きな車を買ってくれてありがたい』って。『どこさでも連れてってくれる』って。家の前に派手な大っきな車庫あるから、見てきてごらんよ」

身振り手振りを交えて塔子は語る。途切れる間がない。

庭の椿の枝で糸を吐き出し、その糸をせわしく八本の足でさばく蜘蛛の勢いを塔子に重ね合わせながら、千歳は耳を傾けた。

「結構なことじゃないの」

「あれ……が結構ってかぁ？　九十越したばあさんに、日に何度も拝まれてみれぇ」

「そうなの？　悪口を言われるよりいいかと」

千歳は、サトにいっそう興味がわいてくる。母も生前に気にしていたサト。その母の思いが千歳の中で甦る。

たしかに雨が近いようだ。空気が重い。


晩年になって、母は一人暮らしの千歳にしばしば電話をしてきた。

なんだ母さんなの。起こされちゃったわ。喉の奥で声を出す千歳に、いくら休みだって、もう起きてる頃かと思ったのよ。まだ寝てたの？　まあ、ちょうどよかった、起きなさいよ。と、いつだってかならず「ちょうどよかった」と言う母の元気が、離婚した千歳を支えてくれた。

「この前、秋田に行ったときにね……」

母の〈この前〉は〈ずいぶん前〉のときもあったし、本当に〈少し前〉のときもあった。

――この前、秋田に行ったときにね、庚申様の松と並んでいるおサトさんの家に寄ってみたの。びっくりしたわ。建て直してどこの何様みたいな立派な家になってるのよ。でっかいガレージもあるの。

電話の声は若いときと同じで威勢がよかった。故郷の様子を語るときの誇らしげな表情が想像できた。秋田で見聞きしてきたことを、娘に伝えたくてしかたがないという様子だった。伝えておかなければいけないという思いを感じることもあった。

千歳は大きな咳払いのあとにようやく戻った日常の声で、何度も相槌を打つ。一緒に感動してあげるのは、日ごろのご無沙汰の罪ほろぼしにもなるし。そんな思いもあった。

集落のはずれにあった塔子の父、曽右衛門家の作業小屋を借りてサトは幼い娘とつつましく暮らして来た。長い間にはあちこち手直しをしたが、それを取り壊して新築したというのだ。母は「何様みたい……」と表現した。千歳は、苦笑いで応じながら、小さな家に続いて、大きな家の絵を頭の中に描き、茹でたジャガイモを口の中で転がした日を思い出していた。

千歳の母は、実の兄を曽右衛門の親方と呼んだ。

曽右衛門は屋号でもある。

――ねえ、大きなガレージ、どこに建てたと思う？　自分とこの畑つぶして、じゃないの、親方の土地に丸ごとよ。どんな車を入れてるのかしら。あんなの黙って見過ごしている親方も親方よ。都会じゃ絶対許せないわ。土地となれば一センチだって裁判ものでしょ。それを畑だってどんどんこっちの草っ原にせり出して、よぉく見たらさぁ、むかし貸した時の倍以上の畑になってるわ。どういうことよ。だから私、言ったわよ、親方に。でもねぇ、聞いたら拍子抜けしちゃった。『使わねぇ草っ原だ。まんずまず、親類でねぇか、構わねたってええ』だって。まあ、時代を間違えたような、まったく鷹揚な話。オ　ウ　ヨ　ウ　よ。意味わかる？　まあ、親方が松の木みたいなものね。空で勝手に風が吹いてるわいってな感じなの。

土間に降り、借りた長靴で玄関に向かったところへ塔子の声が追いかけてきた。

「ああ、庚申様の松、枯れたよ。墓参りの帰りによーく見て来ればえね」

「えっ、あの松が？　枯れたの？」

飛びつくように大声で千歳が応じると、

「あれー、びっくりさせた？　まあ、面白いことがあるよ。いいこと聞かせるから、まずは行っておいで。その足で、雨降らないうちに自分で見て来ればえね」

話したいけど、という顔で意味ありげに笑う。

塔子の家から十分も歩けば足りる墓地からの戻り道に塔子の家を行き過ぎて、切り岸の道に向かった。千歳の手からも、衣服からもふっと線香のにおいがたつ。摘んで手に握っていった秋海棠やマリーゴールドの青臭さも残る。

集落の道は十年ほど前とはすっかり様変わりしている。旧国道の両側に四十数軒が並ぶが、萱葺きの家は塔子の家と他に二軒だけとなった。馬のいた曲がり屋が消えた。代わりに白っぽい壁の広さを競うような家が並んでいる。大きなガレージを備え、ガラス戸にはレースのカーテンが垂れ、一日中開け放していた戸口はサッシ戸になってピタリと閉ざされ、門柱のインターホンがめったに来ない人を待っている。

時が流れ、人が代わり、家が変わり、集落も変容する。

田を広く見渡す切り岸の道に来た。カーブに沿ってガードレールが白い。崖いっぱいに生命を漲らせて葛《くず》の葉が拡がる。反対側には、勢いを失った松の大木がある。精悍なかつての姿はなく、ただもっさりと立ちつくして風にやりこめられている。川と山から吹きつける風を嚙みしだいたかつての唸りがない。

大木の立ち枯れた様など見たいものではない。もしも母が見たなら、どう伝えて来ただろうか。この前、秋田に行ったらねぇ……。先のことばが思いつかない。

「何なの、あのぶざまなかっこうは」と声を荒げるだろうか。

「かわいそうで見ていられなかったわ」と声を落とすだろうか。

千歳の胸中にずっしりと重い風が起こった。

収穫を終えた稲田を抜けた風が、新藁のにおいと共に吹き上がる。たまに通る小型車をよけ、切り岸のガードレールのそばで、松の木を見上げている千歳に声を掛ける者がある。

「ああやー、千歳さんだんしべ、来てらったのー。いづ見でも若ぐって。まんずお母さんに似てきたなんし」

誰？　この杖をついた老女に、何歳のとき会った？　この顔から過ぎ去った年月を引き算すれば誰になる……。声に記憶がない。向こうが名前を知ってるのはなぜ？　どうしていきなり声を掛けてくる？　いつか、一緒に遊んだ？　思い出せない。

「……こんにちは……。松、の木……」

「ああ、庚申様の松なぁ、枯れだんしものぉー。まんず、いだましぃなんしぃー」

塔子や大五郎の発音や語彙を想起して意味を理解したとき、彼女はもうその場を通りすぎていた。年格好のわりに足の速い人だ。千歳は子どものような返事をしてしまった自分が、恥ずかしい。

再び誰かに会うかも知れない。

サトの家族が出て来ないとも限らない。見慣れない者が道にいたら、警戒をするかも知れない。物陰から透かし見て、今しがた通りすぎた人のように、千歳と気づくかもしれない。

集落の人は、通りがかりの者にまで声を掛ける。

「このたびだら、あやぁ、ゆっくりしてえぐしべー？　お母さん亡くなったずものなんし。寂しぐなったしべぇ」

墓地を抜けた帰り道で頭を下げてくれた人もいた。早口で母の死を悼んでくれた。たぶん、そうに違いない。千歳はとりあえず挨拶を返し、深く頭を下げた。

母の晩年に、何度か一緒に集落を訪れた千歳を、土地の人はよく覚えているのだ。

これ以上は誰にも出会いませんように。

千歳は百六十センチの体を二つに折り、地面だけを見て歩きたかった。切り岸に吹く風は、松が遊んでくれないからか、力なく千歳の背を押した。

戻って戸口をくぐり、塔子の家の土間を歩くとホッとする。ゴム長靴の底に吸い付くような湿り具合が心地いい。深呼吸をして背伸びをした。

「庚申様の松、本当に枯れてたねぇ」

上がり框から、高い敷居をまたいで居間に上がる。塔子が新聞をたたみながら顔を上げた。

「晩ごはんにはまだ早いかな。ご馳走もなんも、珍しい物はないけど、あんたの好きな採りたて野菜はいっぱいあるよ。もうできてるから。うん、やっぱり早いな。よいしょ、座り直すか」

煤けた柱時計を見上げる塔子の目鼻立ちや顎の尖った造りは、前回来たときよりさらに、千歳の母に似ていた。早く亡くなった塔子の母親は丸顔だったから。

「枯れてた、本当に。大きな木もったいないわ。可哀想かも」

千歳はくり返した。

「大きい黒松だもの。もったいないよぉ。生きてるものはいつか死ぬとしても、あれは松食い虫ではない。サトばあさんに呪い殺されたようなもんだから」

「ええっ、呪い？」

「んだよ、呪いをかけた……と見たね、私は」

「何を呪ったの。いまどき」

「聞きたい？」

塔子の口元がゆるんだ。黒目がクルクルと動く。この瞬間を待っていたように、薄くなった座布団に居ずまいを正した。

「焚き火をするのよ、焚き火を。松枯らしたいどって」

「焚き火？　どこで？」

「松の下で。ほれ、松葉に松ぼっくりに枯れ枝、今では大迷惑な燃えるゴミ。新しく家建てて、最新式のオール電化キッチンにバスだって。今どき針仕事頼む人もいねぇし、な。ひまだもの、松の下掃いて、毎度まいど、ぼんぼんぼんぼん焚き火してたんだぁー」

立ち昇る煙を払うような仕草に手を振り、塔子は話し続ける。

「昔はあそこが集落のはずれだった。集落のいちばん下。川の下。んだども、今は隣さも、裏さも、その奥さも、家建って、もはや村はずれじゃない。松の煙かかっても灰が飛んでも、新入りたちは黙ってる。何も言わない。言わせない、だね。サトばあさんの好き放題よ。昼日なか、火焚いて。雨降った次の日だぁ、燃えねぇべぇ。煙ばっかり。朝から晩までけぶってー。道から見れば、庚申様のお堂ッコが、燃えねべかと思うときだってあったもんだよ」

「ずいぶん大きな松だけど。どれくらいたった木かしら」

「千歳さん、あんた、あの庚申様、そばさ寄って、中、見たことあるぅ？」

そう言われて気づく。覗き見すらしていなかったと。古ぼけて少し傾いた庚申堂だ。三段ほど頭大の石を積んだ上に盛った土。その上に建つお堂。屋根に打ち付けたトタン板は雪を滑り落とす。板壁に板戸。白木のままで風雨に曝された古ぼけた色。板の端は反り返り、板と板の隙間が空いていた。隙間から覗けるのに。

禁じられたわけでもなく、怖じ気づいたわけでもない。錆びた大ぶりな南京錠が下がっていたせいだ。あの錠が覗くな、触るな、近寄るなと言ったのだろうか。

千歳は、塔子に、または曽右衛門伯父に頼んでお堂を開けてもらえるのかと聞くことすら思いもよらなかった。

「台石におらの肩の高さに石碑が立っているだけだよ」

しばし黙る千歳を促すように塔子が付け足す。

大きな松が、お堂のま上から空を覆い、道路いっぱいまで影を落とす。暗い影を避けようとすれば、切り岸になる。上から下から迫られるような恐怖感に捕らわれて、風を鳴らす松の木から早く離れたかった。

——庚申様は、集落のはずれに立っていて、怖いものが集落の中に入ってこないように見張ってくれるの。

幼い千歳に、母はそんなふうに教えてくれた。

怖いものを見張るくらい強くて、さらに怖いのが庚申様。そのお堂のそばの道で千歳は母の手をしっかり握っていた。

「小さい時って、あのお堂ッコ見るだけでもおっかねかったんだよー」

塔子が目を見開いて打ち明ける。

「恐かったの、塔子さんも。ああーよかったー」

「よかったって、何がぁ」

「じつは私も昔からずーっと、すごく恐かったのよ。塔子さん、今でも怖い？」

「誰がー。私がか？　今、何が怖いって。ぜーんぜん、あんなもの。ただの石なんだよ。見ざる聞かざる言わざるだけど、なーんもおっかなくないよ」

塔子は胸を張る。

そう言えばいつかのカレンダーに、目をふさぐ猿と、耳をふさぐ猿、口をふさぐ猿の絵があった。大人になった千歳を前に母が断言したことがあった。

「猿に指図されるなんてばからしい。人間、いつだってちゃんと見て聞いて言わなきゃダメよ。でなきゃー、いなか者が都会なんかで暮らせっこないんだから」

「時代が変わったって、そこらのヘナチョコにいなか者呼ばわりされてたまるもんですか」

こんな母のせりふを千歳は忘れない。敗戦後まもなく都会に出た母だが、そういえばどこか気性も塔子に似ている。

「塔子さん、ちゃんと見たの？」

「見たよ、字だって。何回も。前、うしろ、しっかりとね。元禄三年、なにやらの歳、之を建てる、って石に彫ってある。うしろには集落の人の屋号が三つ並んでるんだ。それで、庚申講って彫ってある」

「元禄三年なの。それって大昔。江戸時代の？」

「ことし、元禄ふたとせにや。松尾芭蕉が奥の細道の旅に出たのが元禄二年。その次の年だよ」

「恥ずかしいことを聞くけど。そもそも庚申って何かしら」

「庚申か。むずかしいけど簡単よ。子、丑、寅、卯とつづく申。かのえのサルだと。ほら、きのえとか、きのと、かのえ、かのと、なんて聞いたことあるべ？　陰陽五行説よ。えは兄で、とは弟だ。木・火・土・金・水。かのえは金の兄。そのまわり順番で申だからって猿の彫り物してあるのよ。いきなりでむずかしいか？　おっかない顔の神様を彫ってる石もあるらしいけど。ここのは、三匹の猿。十干十二支とか、五行とか、詳しいこと読みたければ、おじいさんの本箱さ本あるよ。庚申講って、江戸時代に流行った信仰らしいから。夜通し、あの前さ集まって飲んで食べて喋るんだって。ぜったいに寝てはなんねぇのだって。寝れば罰当たる。おじいさんに聞いたら大喜びで説明してくれるのに、惜しいことしたねぇ、あんた」

「聞きたかったわ。でも、曽右衛門おじさんも夜に寝ないで喋ってたのかな」

「あやー、馬鹿臭ぇ。あのおじいさんはぜったい行かないべ。江戸時代のはやりだもの。夜通し飲み食いしたら、次の日、田んぼで働けるか？　今だら、庚申の日だって、だーれも拝みもしてないはずだよー。だれからも聞いたことねぇものなぁ」

——米代金から農業機械のローン、肥料、農薬の代金を差し引いたら年収九十万円。オラたち農家は、現代の水呑み百姓だよ……。

かつてはそう言って自分をあざ笑っていた塔子だが、このたびは、この家を守ってきたという自負なのか、それを口にしない。亡くなった千歳の母が大切にしていた誇りと同じものだ。この思いをたどれば母に行きつく……。

塔子が続ける。

「はじめから、ちゃんと家族が食っていくだけの畑、貸してあるというのに、何年もかけて端っこを鍬で一打ち、一打ちって延ばしていってみれぇ。それでも地主の親方は何も言わない。公認の越境だべ。見ているのか気づかないのか。それをいいことに車庫も建ててしまった。そこでよ、邪魔なのは第一に松の木。庚申様もうんと目障りだ。そう思ったべなぁ。したども、お堂っこさ火つけて焼くわけにもいかない。そこで考えたべ……」

身振り手振りで塔子の話は尽きない。暮れかけた西空が重そうな雲を持て余して、空気が次第にひんやりとしてくる。

「サトばあさんたら、いつの間にか、松の枝を一本切り、二本切りって、切り落としたんだよ……。三番目の大枝、こいつはどうやっても手が届かない。そうか、焼き落としてやろう、と思ったべか。それとも、松の木全体をあぶってやろうと思ったべか」

塔子は空を睨みつけるように言う。

「少しずつ茶色に枯れてきて、今日はここまで、あしたはまたやるぞって、張り合いが出てなんぼかおもしろかったべなぁ」

塔子の父の曽右衛門とも違う。塔子自身の語り口だ。曽右衛門は、畑は食うだけあったらいいべ、と言う人だった。これはわかる。サトに、何年たっても地代の値上げをしない。当初からそれだけしか貸していないという意思表示だったかも知れない。ところが先方は決まって二万円を年の暮れに持ってくる。こっちは受け取るだけだったという。

生きているうちに塔子と婿養子の大五郎に、土地を相続させる諸手続きをし、遺言状を正月が来るたびに清書をした。二人を目の前に座らせてとくと説明した年の暮れに亡くなったという。もう七年になるのだろうか。

「あのあたりの地所は今、私の名義だよ。庚申様に使わせてあげてるんだ。サトばあさんの畑から一帯。松の木のあるところも」

「『戦争に負けて土地がすっかり取られてねぇ』って、うちの母さん言ったのは間違いかしらね」

千歳が問う。

「田んぼのことだよ、それは。取られたのも、残ったのもある。サトばあさんの住む小屋があった分だけは、くれてやったんだと。庚申様の前のちょっとした草っ原と道の端ッコにくっついた切れっ端の土地が私名義になってる。道路拡幅したし、片側は切り岸だしな。あの崖っぴらからずっと下の広い田んぼまでは大五郎の名儀だと」

雲の切れ間から突然差した西日の中で塔子の目が光る。顔の半分で笑っていた。

「それにしてもあのサトばあさん、あんたの母さんよりも三つ年上だっていうんだから、いいかげん、悟りを開いてもいいはずよ。それなのにほんとうに憎たらしい。煮ても焼いても食えねぇのよ。奉ってくれる娘に言わせてよこすんだもの」

「悟らないで、何を言わせたの」

「ずるいからまったく。都合の良いときだけ、ぼーっとした娘さ言わせる」

きわどい言葉を使うんだな、塔子さんは、と思いながら千歳は聞いていた。

「枯れた松が危ねぇから、この家で伐ってくれって、あの娘さ、しらーっと言わせる」

「自分で枯らして地主に伐らせるものなの？」

「元禄ていえば、将軍綱吉の時代。一六九〇年前後のこと。だけど松はいつ植えたか知らないよ。松の木は三百年くらいなんてざらにある。あの松でも百年や二百年ではないっておじいさんも言ってた。日当たりいいし、風とおる。いい場所だよ。今まで何ごともなく生きてきて、急に枯れるか？　枯らした、だべ？　第一、なま木を伐れ、とは言えないべ。枯らしたのよ。松食い虫ではないって診た人が言うもの」

「意図的に枯らした。枯れたら放ってはおけないってわけね」

「伐ってくれって、ただでもできるか？　クレーン車を頼んでの一日仕事。自分らがやればえねぇ、なぁ」

塔子の話は勢いづいてくる。手ぬぐいを前掛けのポケットから引っ張り出して、顔の汗をふく。

「弁護士先生さ、相談しに行って、こういうときは誰がカネを出すか聞いてきたんだとせぇ。半分嘘だべぇと思うけどな。借地って言っても、自分が無断で取り込んで、そこで松が倒れたら家が危ねぇし、伐ってくれと言うのは、おかしいよ。家を建てる前から松の木があったのは承知なんだし、あそこは初めっから畑ではなかったんだし」

「貸すときに書いたものはないの？」

「なんにもねぇ。戦争負けた直後のドサクサどきの口約束。したってぇ、松の木は庚申様のものだくらいは集落の者なら誰だってわかってる。火を焚いてるのもみんな見てる。うちの土地にあっても、必要があって植えたものではないし。庚申講の者たちが、石碑を建ててそれから植えた松だべ、どうせ。それとも、松の木の下に庚申様建てたか。うちは管理の義務なんかない、管理って聞いたこともない。畑に取り込んだものが勝手に伐ればいいねかー」

「こっちに請求しなさいって、弁護士に知恵をつけられたかな。サトさん、セコイね」

「なーんも。ケチん坊が弁護士なんかに聞きに行かないよ。言うだけだべ。あの人、昔っからだもの。田植えだって、今みたいに機械でないときでも、みんなと並んで植えないで、はぁ、自分だけ猛スピード出して植えていく。ずっと先に行ってから、歌うのよ、ココニサーチィーアーリィって。よくとおる声なんだ、これが。そして、あとから、自分は他人よりもよく稼げるからって、その分、豆でも芋でもいいから欲しいって言ってくるんだよ」

「歌でアピール。やり方が上手っていうか……」

「このこと、アピールって言うのか。欲の皮でねぇの。カネ貯まって衣食が足りて、あとは礼節をわきまえりゃーいいのに、ぜーんぜん。ほんとに馬鹿臭ぇー。爪に火を灯して、貧乏のまねして。おじいさんのいとこ。もとはといえば昔からの親方衆の娘だよ。ああ、あんたの母さんもいとこだねっ」

「そうだったね。ところで、大五郎兄さんは、松の木のこと、なんて言ってるの？」

千歳は、大五郎の考えが気になっていた。

「ああ、うちの父さん？　あっちから、伐ってくれって言いに来た時、あの人は家にいなかったの。まだ帰ってなくて。私だけ聞いたの。ちょうどよかったよ。あの人うまくおだてられたら、話が大きくなって、かえって面倒になるだけ。本当のところ、父さんさ、あんまり言いたくなかったけどもよ、隠すわけにも行かねぇべ」

一本の黒松が、庚申堂の横でいきおいよく育つ時代に、集落の人たちが見たものは何だったろうか。塔子によると、江戸時代以降に庚申信仰がはやったのだと、曽右衛門がこんなふうに語ったそうだ。

何ごともねぇば、人は余分な神仏など拝みはしねぇべ。集落のいちばん上さ春日さまの立派な氏神様の神社があるんだし、お寺もある。それを、下の集落はずれさ庚申様だどって祀ったのは、賽の神と同じ程度の意味だべな。集落さ災いが侵入するのを防ぐ神様だ。ほれ、よそでは道祖神って言うべ。あれだ。おそらく災いが続いて入ってきたんだべな。まずは伝染病だの盗っ人だの、お尋ね者だのな。ケカツだら人殺しよりおっかねぇ。ン、飢饉のことだ。寒い夏が何年も続けば、米も野菜もだめだ。食う物がねぇと死ぬしかねぇべ。いくさもあったべし。

戊辰戦争では、官軍となった久保田（秋田）藩を、まわりで賊軍となった藩が攻めてきてさー、せわしくこの街道を通り過ぎたもんだで。よその村では腹ぃせだべなー、食い物が出せねぇって言ったもんだから火ぃ付けられてな。それで、どうかオラだの方は、焼き討ちにしねぇでけれって、おれのひいじいさんが紋付き袴で猫足膳さ山盛りの小判に袱紗を掛けて宿所となった寺さ持参したど。したから、この集落は焼かれねぇで助かったんだ。災難はどこからでも降ってくる。したどもな、ひいじいさんは庚申様だのを拝んではいねかったんだぞ。

曽右衛門伯父は、見てきたように話したことだろう。若い日の母も、うなずきながら、千歳の聞いたことがない言葉で受け答えをしたのだろうか。うちわを使いながら、秋田弁が飛び交う。夏の夜の開け放した座敷の様が思い浮かぶ。

「昔むかしのひいじいさんが九代目曽右衛門で、その子のじいさんは十代目曽右衛門。その子が十一代。息子のオレは十二代の曽右衛門だ、あっははは……」

千歳がこれを最初に聞いた子どものときは、まじまじと伯父の顔を見つめたものだ。あの抑えた笑いが聞こえたような気がした。静かでかつ豪快で聞く人を煙に巻いてしまう伯父の話が千歳は子どもの時から好きだった。

迎え火を焚いて一同が座敷に落ち着くと、決まったように、透き通った羽根をいっぱいに広げたウマオイが外から飛び込んできた。盆提灯が下がり、精霊棚では大きな灯明が揺れ、抹香、線香の煙が揺れる座敷のひと間。障子の桟に止まったウマオイが羽をたたむと、少し間をおいて遠慮がちに、か細い声で鳴く。もしかしたら精霊たちの声とも思うのか、みんなは黙り込んで耳を澄ます。そのうちウマオイは調子が出てきて、より甲高く、力強く、小さな体で障子の紙を振るわせるほど存在を主張する。子どもだった塔子も千歳も真新しい浴衣を着ていた。

虫、ウルサイね、と千歳がささやいたのに塔子は返事をしてくれなかった。伯父も他の大人たちも、ウマオイが鳴く間は、口をつぐんでいた。

伯父は目を瞑り、今にして思えば、精霊たちの声に聞き入っているようだった。

その「曽右衛門」を、外から入った大五郎が十三代目を名乗っている。

先代の曽右衛門は大五郎を養子にして自分の戸籍に入れた。跡取り娘で、十二代曽右衛門の薫陶を受けた塔子が襲名することはできない。

襲名して親方となった夫の大五郎よりも、集落の中で周囲とバランスを保ち、古い家を維持することの難儀さに直面し、決断して行くのは塔子であった。

過ぎていった長い時間の中で、忘れていたことを、塔子の家に来ると、思い出す。

古い家の土間続きの台所を改修したキッチンで、塔子は夕食の後片づけをしている。

夕刻までは空が丸ごと見えていた窓ガラスの向こうには、色を失った闇があるばかり。部屋の中の物が映り、人が動くたびに光と影が揺れる。塔子はカーテンを引かない。向こうから窺う者もいない。

食事を終えた大五郎が、熱心に野球のナイトゲームを見ている。ソコダ、イケッ。ウン、ヨーシッ。アリャーッ。千歳も見ていたが、いつまでもキッチンから戻らない塔子が気になり出した。

「なにしてるの?」そーっと境の戸を開けると、塔子は計量カップでボールに粉を量り入れているところだった。

「モチ米の粉」と顔を上げずに言う。

「明日は彼岸の中日。お供えの団子の用意をしてるところよ」

鉄瓶から熱湯を注ぐと、シューンという音とともに乾いた米の匂いが立った。木のしゃもじには粉が粘りついて塔子の肩が盛り上がって動く。琺瑯《ほうろう》びきのボールがしゃもじと一緒に持ち上がる。見ている千歳の手にも力が入る。少しずつ熱湯を注ぎながら塔子がこね回すうち、ボールの中では粉と湯がなじんでシナリシナリと音がし始めた。そのうちに粉がまとまってしゃもじの表面がきれいになる。

「あとは朝までこのままにしておくんだよ」

塔子はボールの上からラップをかぶせると、はじめて千歳の方を向いてほほ笑んだ。あまり明るくはない照明の下で満足げな顔だ。

「寝かしてから、あした丸めて茹でるんだ。冷めても、時間がたっても、固くならないおいしい団子になるよ。小豆はもうオッケーだし」

「あー、私お彼岸の団子好きー」

「なにしろ、仏様がいっぱいで。二人だけだったらこんなに苦労して作らないんだけど。んでも、はあ、生き仏様がひとり増えたから、いっぱい作るべぇと思ってよ」

チラッと千歳を見て塔子はウフフと声を出した。

ガラス窓に反射した蛍光灯の光が、塔子の顔に集中して返ったような笑みだった。

居間ではさっきよりも野球放送のアナウンサーが興奮気味だ。試合は佳境に入ったようだ。

「大五郎兄さん」

庚申松のことを聞いてみたい。

千歳は声を掛けた。

「庚申様の松枯れてたね。伐ってくれって言われたんだってね」

返事がない。

野球に熱中しているのかと思った。もう一度、ねえ、大五郎兄さん、と呼ぶと、ややあって、不意打ちを食らったように、

「はぁ?」

と、長いすに寝そべったままの姿で大五郎は頭だけを持ち上げた。めがねが鼻の先でかろうじて斜めに止まっている。

「大五郎兄さんったら、めがね」

笑いながら指さすと、大五郎は再び、「えっ?」と、跳ね起きてソファーに座り直した。そしてもう一度「はぁ?」と声を上げる。眠っていたようだ。千歳は起こしてすまなかったと思いながら笑い終わると、塔子に聞いたあらましをかいつまんで話した。するど大五郎はテレビのボリュームを落として言った。

「なんたって松の木の下で毎度まいど焚き火をするもんだっけ。それだけでも危ないってヒヤヒヤするのに、あれは、はぁー、松、枯らすどってやっていたことだったんだ。そう言われても仕方ねぇな」

「呪い殺したようなもんだ、って。そうなの？」

「呪いってか？　塔子だべ、そったらこと言って」

ニヤリとして続けた。

「なま木のうちだったら、あれだら六十万円以上の値も付いたべ。したども枯れ木だらー、誰も要らねぇな。ただの薪だ。ヘタしたらただのゴミ。カネつけて焼却依頼出さねばなんね。重機、クレーンだか、高所作業車だか、頼まねぇばねえべ。人の手では、はぁ、あの場所では誰も伐れるもんではねぇからな。自分とこで手配して伐るってば、自分がカネ出す。したども出したくねぇ。地主さ伐らせるべ、ってなるわけよ。おもしれえのは、それから先せぇ」

「どうしたの？　ねえ、どうしたの？」

「なーんと、千歳さんには負けるなー」

大五郎はそう言うと、未練があるのかテレビの画面をしばらく凝視していたが、思いを決めたらしく、リモコンの赤ボタンを押した。

「サトばあさん、娘を使いに寄こしたんだ。ただで、あこまでトシ食ってねぇ。おじいさんのいとこだもの、悪く言うつもりはねぇけども、な」

それまではナイトゲームでにぎやかだった部屋が静まって、大五郎の喉がゴクリと鳴ったのが聞こえた。窓の外ではコオロギが途切れなく鳴いていたのだ。

そうだ、サトばあさんだ、手をひとつ打って、大五郎が続ける。

とにかく松は枯れた。今度ぁ、それが目障りで邪魔でなんもかんもねぇわけよ。オラの家さ娘が来て言うんだ。

「カネはウチが半分出すから、曽右衛門さんとこでも半分もってほしい。まんず、はぁ、地主なんだから。それから、ひとつお願いがあって。ウチの父さんさはこう言って頭下げてほしいんだ。『枯れた松、そちらで伐る手配だけをしてほしい。カネは曽右衛門家で全額出すから』とな。おばあちゃん、新しい家だの車庫だのさ、松の木倒れてきたらなんとするって、はぁ、毎日、気が気でねぇもの。

おばあちゃんが全部カネ出すって言えば、ウチの父さん、怒るべ。怒って曽右衛門家に怒鳴ってくるべ。『松はオラ方のものではない』って、な。したども、まんず、伐る方が先だ。伐る段取りだ。ウチの父さんさ、とにかく重機の手配して下さいって言いに来てほしいんだ。曽右衛門の親方が頭下げて頼めばウチの父さん、動いてくれるはずだから。ウチのおばあちゃんと父さん、ふたりとも安心させてほしいんだ」

娘はしゃあしゃあとこう演説して戻って行ったもんだよ。おらは、はぁ、あきれてしまったんだ。半分もカネ出して、頭下げる芝居するか？　なぁ、千歳さんよー……。

キッチンでは明日の支度が終わったらしく、灯りが消えた。塔子が居間との境のガラス戸を開けた。ガラガラと乾いた夜の音が響いた。

「巨人は負けたのかな」何も映ってないテレビと大五郎の顔を見比べながらつぶやく。

「勝ってたよ、ちゃんと」

「勝ってる試合だのに何して途中で消した？　不思議なこともあるもんだね」

千歳は大五郎に代わって弁解をした。

「庚申様の松のこと、林業の専門家の大五郎兄さんに聞いたらと思ってね。お金を半分なら出すって言うじゃないの、ねえ、塔子さん」

「あの話、直接聞いたのは私だよ。この人ははじめからは聞いてないよ。私が話してあげたんだよね。……ん、でしょう？」

「うん、そうだ」

「それでよかったんだよね」

「うん、そうだ。それでよかった」

「何でと思う？」塔子は、千歳を見つめる。

「この人ね、お人好しなだけ。んだから、あっちもほんとはこの人に直接言いたかったはずだよ。サトばあさんなら言わずにそのまま帰ったかも、よ。したども、あの娘だもの、そこまで気が回らないから、言われたとおり、私に話して帰った。こっちには大ラッキーよ」

千歳は了解した。

大五郎なら、半分負担する、と返答しかねない。サトに猫なで声で持ち上げられて「うん」と言うだろう。塔子はきっとそこを言いたいのだ。

「今の親方は話がわかる、なんておだてられたら、それこそたいへんだ。千歳さん、あんたに、この人ったら、まるで自分が聞いたように話したんでないの？」

即座にうなずくわけにもいかない。千歳は何も映っていないテレビの画面を見つめていた。

「とんでもないよ。あの松の木はおら家の木でねぇし。私の土地にあっても、私のでねぇ。サトばあさんの畑の中にあっても、ぜったいにあのばあさんのものでもねぇ」

千歳は黙って次のことばを待つ。

「元禄三年に庚申塚建てた人の末が集落にいる。いまでも、ちゃんといるのよぉ。責任とってもらえばいいんだよ。んでも、サトばあさんたら、うちのおじいさんが亡くなったら、待ってたみたいに態度がでかくなって。

こっちが舐められてたまるもんですか。庚申様なんて、なにが見ざる言わざる聞かざるよ。私はね、見るべ、言うべ、聞くべ、だもん。ばっちりとね」

塔子はエプロンの裾を持ち上げると、端からたぐり寄せて膝の上で握りしめる。節がたって太い指をしている。よく働いた手なのだ。

「私は親だって、じいさんばあさんだって、庚申様信心してるだの見たことないよ。私はこの家で生まれたんだからね。

昔は村はずれだよ、あんなもの建てるのに、いちいち、ことわりなんか言うこともなかったんだって。今ごろになって、松枯れて、伐るカネ半分出せってか？　とんでもない。私は一円だって出さないよ。なぁ、父さん、わかった？　集落の人にヘンなこと言わないでよ。その話は塔子の土地の上のことだから、オラは知らねぇ、あそこを相続したのは塔子だ。塔子の地所だって。そう言ってよ。私はお金なんか無いもの。あんたある？」

「カネ？　そんなものは、ねぇな……」

「んだべ。だから言ってるんだよ。わかったな」

「うん、わかった」

大五郎は七十二歳になるというのに、減りもしない髪の毛を、しばらく散髪にもいってない様子でボリボリと掻き、しまいに指で二度三度掻き上げていた。抜けることも、白くなることもないようだ。癖毛は若い時と変わらない。頭ごなしに塔子に言い負かされるのも昔と同じだ。


「松の木を切るのって、そんなにお金がかかるものなの、大五郎兄さん？」

「場所にもよるどぉ。この前、神社の裏で崖崩れしてよ。危ねぇからって、見積もってもらったときは、崖の上だっていうんで、三本伐るのに百万円だった」

「伐るのに一本が三十三万円もするの。これって高いの、安いの？」

千歳の知らない世界がある。

「三本だからだべ。重機頼んで大がかりなもんだよ。だども、生きた上等の松の木だら、伐って売れればカネになる。したから、さし当たって手前の一本伐ったときはイチコロ二十万円で売れた。損はしてねぇ」

「イ　チ　コ　ロ？　なにかしら」

「枝と枝の間だ。節と節の間ともいうかな。一コロ、二コロって数えるんだ。コロが長いほど材木として良い値で売れる。ただし、生きた松だぞ。枯れてる松なら逆だ。カネ出して焼却してもらうんだ。ほれ、氏神さまの松だもの、倒れて、拝殿の屋根を傷めてもなんねから、急いだ。森林組合の人やら、知り合いの樹木医やら、何人にも見てもらったんだぞ。みんなオレが手配してな。伐るか、移植するかって」

「すごい、兄さん、専門家なんだね」

「なーに、そんたらこと。神社の松だからやったんだ。オレぁ、なんたって氏子総代だ。サトばあさんのとことは訳が違うし。あの木は知らねえな、なあ、おい」

大五郎は塔子を見た。千歳は先ほどのこともあって、塔子を注目した。

「そうだよ、知らない、知らない。弁護士でも樹木医でも、はあ、知らない、な。余るほどあるカネ出して、切ってもらって、今度ぁまたカネ出してゴミ処理してもらえばいいねか」

「そういうことなんだね」

千歳は、改めて、このうまくできた夫婦の顔を見比べていた。

「枯れ木になっても、平地だら、すぐに倒れたりはしねぇもんだどもなぁ」

大五郎があくびをしながら最後に小声でつぶやいたことを、千歳は聞き逃さなかった。


予報通りずいぶん遅く、夜半から降り出した。雨だれの音がする。大屋根に降った雨粒が萱の一本一本を伝って、コールタールを塗ったトタンの小屋根に落ちる音だ。千歳は雨のにおいの中で、雨だれの入り組んだリズムや響きに耳を澄ます。太い萱からは太い音。細い萱は細い音。萱の太さが雨だれの粒の大きさになる。何の規則性もない雨だれの強弱が闇を満たし心を満たす。

サトは生きた庚申様の松を枯らし急いだ。松落ち葉を集めていて考えついたのか。燃やしながら考えついたのか。偶然に枯れてしまったのか。母が生きていたら、きっとサトに問い糾しただろう。

考えながら千歳はまどろみ、眠りに落ち、幾度も目を覚ます。耳を澄まし、また目をつむる。滅びの予感に似た雨だれの音。この家はいつまで持ちこたえるだろう。雨音の満ちる闇に、塔子の姿と声を重ねてみる。

「トシいって、もう萱も刈れないし。萱山は荒れるし、職人も近在にはいなくなった。このたびは遠くから手間賃の高いのを承知で頼んだどもな。千歳さん、屋根腐れば終わりだ、はぁー。子どもたち、だぁれも帰って来ないもの。私と父さんと順番に死んでも、千歳さん、あんた、この家さ来るか？　あと十年かな、五年かな。腐れば早いよ。枯れるのは庚申様の松だけでないんだよ……」

ウマの系譜

芳之助叔父は、ポマードの匂いをさせていた。

ある時、私の父と毎晩のようにストーブの前で話しこむようになった。夕食が済めば雪国の子どもたちは早ばやと床に就いて一日の終わりとするのだが、枕に耳を押し付けると、向こうの部屋の二人の声が枕の中から聞こえるような気がして、もっと耳を押し当て、どうにかして何かを聞こうとした。あんなに私と遊んでくれた芳之助なのに、ふだんとは違う顔で私の横を素通りする。

もっと、もっと前のこと。

叔父は私を奥の座敷にある蓄音機の前に誘ってくれた。

「蓄音機を聴くときは、ちゃんと正座をするもんだ。おなごワラシコは、高笑いしたり、ふざけたりしねぇもんだ。聴きながら踊ったりしねぇもんだ」祖母はつねにこう言うのだが、芳之助といればそんなことは気にしなくてもよかった。

正座の膝に腕を突っ張り、息を呑んで待ち構える私。芳之助が一抱えもある大きな蓄音機のネジを巻く。レコードにそーっと針を置く。ツツーッと音がして黒光りのする真新しいレコードから音楽が始まった。「シャラカディラ　メチカブウラ」と始まって私はびっくり。続く「ビビディバビディブー」では笑って脚をばたつかせ、背中を丸めると芳之助の膝に飛び付いてから畳にずり落ちる。それから温かいあぐらの上に戻る。また落ちる。何度かの大笑いのあと、芳之助は黙ってレコードを裏に返す。次は静かな曲で、英語と日本語のまじった歌だった。私はどれほど真剣な顔をしていたか。どれほどうれしかったか。江利チエミの声と、甲高い芳之助の笑い声が、身体に染み込んだ。

雪が消える前に、家から叔父がいなくなってしまった。

蓄音機の周りには、あの新しいレコードはなかった。見捨てられたような気分になって私は家の裏に出た。早春の畑道を歩いて、叔父が教えてくれた歌を口ずさんだ。

「カムカムエンブリーボンデー　エンブリーボンデー　ハーワーユー」

ひとりで歌うとつまらない。ふん、英語なんてどうせタヌキバヤシだもん。つぶやいてしまうと、あとが続かない。いくつか覚えた英語の歌は、三つ上の姉タマエには聞かれたくなかった。

父が芳之助の住所を書いた紙切れを家族に見せてくれた。祖母と母。二人の姉。それから私と妹がいた。漢字のところどころにはフリガナがあったが、「山口県」ではじまる住所の長ったらしい漢字の列が、さらに、「コークージエータイ」と言うところからまた漢字が続いて、なかなか名前に行きつかない。何をするところだろう。

いつもならあれこれと尋ねる私だったが、あの日は雰囲気が違っていた。黙っていると、中学生の長姉ミチヨが「秋田から山口までは、東京よりも、もっともっと遠いんだ」と説明をしてくれた。

芳之助が初めて帰省をしたのは私が小学二年生の夏休みだった。

家にいたときと同じように、シャツ一枚になると、芳之助は曲がり屋の馬小屋から馬を連れ出した。しばらく背から腹にブラシを掛けて毛並みを整えていたのだが、物置から南京袋を持ち出してくると、ポイッと馬の背にのせると、そばで見つめていた私を手招きした。

「サナエ、乗るかい？」

反射的に頷いた私は、跳ねるように芳之助のそばに行くと、いきなり脇をうしろから持ち上げられ、「たてがみにつかまってよじ登れ」と命じられた。

あまりにもとっさのことだったので、私は全身にありったけ力が入ったのかもしれない。

「重くなったなー」ため息と共に芳之助は大声で笑う。私は馬の腹の途中から滑り落ちてしまった。照れながら振り向くと叔父の笑顔がそばにあった。真正面から見た久しぶりの笑い顔だった。

もう一度抱き上げてもらった。こんどは弾みがついた。スカートの尻を丸ごと手のひらで押し上げてくれたので、うまく馬の背に届いた。座ってから、乗せてもらった方とは反対側に、片脚を落としてやることができた。だが、自分の脚がウマの背幅の分だけ遠くに離れてしまうと、ぶら下がった両脚が、片方ずつ、まるで別人の脚のように思えて、不安でたまらなかった。

それにしても、初めて馬の背に乗ったのだ。うれしくて叫びたいくらいなのだが、なぜか、身体も頬もこわばって叫ぶところまでいかない。

まずは、おそるおそる目を上げると、鶏小屋の向こうに青い田んぼが広がっている。いつもは背伸びしても見えない風景だ。

手綱を引かれて馬は歩き出す。いきなり上体がグラリとうしろに揺れる。

「ゆっくり行ってよ、ゆぅっくりよー」

大声でたてがみにしがみつく。馬が歩を進めるたびに、左に揺れると左に落ちそうになり、右に揺れると右に落ちそうになる。馬の背骨は尖っていて、私の尻の骨とコロコロ衝突してすわりが悪い。体が硬くなって来る。わし摑みにした馬のたてがみが掌の中でゴワゴワする。上体が丸まって前にのめっていく。

「背筋を伸ばすっ。前を見るっ」

ラジオ体操の号令よりも大きい芳之助の声。ゆっくりと家の脇道を通り抜けて前の国道に出た。集落の誰かが通りがかって声を掛けてくる。ここで目をそらしたら落とされる……。

「サナエが怖がったら馬が怖がる。ゆーったり乗れ。背中を伸ばせっ」

前から、横から、よく響く声で少しやさしく号令をくり返した。

馬が歩くたびに馬の背が揺れる。両脚を踏ん張ると、いつも撫でてやっている馬の横腹が私の脛の下にあった。

「鞍を乗せたらよかったな」

聞かれても返事をするどころではない。

片側に二十軒ほどずつ大きな家が並んだ集落の道を、ようやく通り過ぎる。どこで下ろしてもらおうかと、真剣に考えながら、川に通じる坂道の手前まで来てとうとう悲鳴をあげた。

横からわき腹を抱えてもらったとき、びっしょりと汗をかいていた。急に景色が低くなった。膝の力が馬に吸い取られたみたいで、立ちすくんだ。

「サナエ、あんがい度胸がないんだなー」

と、言い残すと、坂を下り、芳之助は何ごともなかったように浅瀬から川の中に入って行った。馬のひと足ごとに水しぶきが上がる。手綱を持つ芳之助もゴム草履でしぶきを上げた。

馬より先にひとり戻る途中、近所のおばさんが声をかけてきた。

「芳之助オンチャ、もどって来たーね」

私は無言でうなずく。「オンチャ」と呼んでほしくないから、おばさんをにらんだ。

「このごろはどこのオンチャも町さ出はるものなー。したども自衛隊は一番だ」

おばさんは、「ジエイタイ」と「オンチャ」を三度もくり返して、肩の鍬を揺すり、ふいっと通りすぎて行った。大きな屋根の家のじぃ様も「自衛隊が一等だ」と言っていたから、まぁいいか。膝の力が抜けたのも忘れて、私は駆けだしていた。

「オンチャ」は正しくは「おじさん」と教わったのは小学校に入学してからだ。「おじさん」の歯切れの良い響きに照れながら、くり返し呼んだ。すぐ上の姉のタマエは私より三年も先に小学校に入ったのに、教えてくれなかったから、タマエの前ではことさら大きな声で「おじさぁん」と呼んだ。

農家の次男三男はオンチャといって一段低く見られたころの話だ。

町に出て給料取りになる才覚がないオンチャは炭焼きになるか、または長兄が親の跡を取った農家の仕事を、昔の住み込みの若勢《わかぜ》と同じに無給で手伝うしかない。農地解放の果てに、次男三男に分ける余分な土地など、どこの家にもないといわれていた。

家に帰ると、大きな屋根の家のじぃ様がまた上がりこんでいた。

いつも血走ったギョロ目で私を睨む。顔を見るのが恐かった。座って、こんにちは、と頭を下げた格好のまま立ち上がる。と、いきなり「オイ、待で、コラー。待でってば。味噌つけて食われてぇか」の大声。仕方なく立ち止まると、「お前は大きな足をしてるなー」。その次に「こいつは大きくなるぞ」と祖母に話しかける。

「気も強ぇし、こいつが男だら、はぁ、えがったなーや」

頬から顎にかけて亀の子束子のようなガリガリのひげ面でじぃ様は私を睨みつける。祖母は笑いながら手元の一升瓶から、じぃ様の湯呑み茶碗にドブロクを注ぐ。じぃ様の声は酔うほどによく響く。

「芳之助オンチャー、保安隊さ入ってまんず、がんばってるな」

「じぃ様ったら、保安隊でねぇ、いまは自衛隊って言うでばぁ」

「んだったな。まんずまず、大学卒業して田さ入るこたぁねぇ」

じぃ様はどぶろくを口いっぱいに含んでゴクリとのどを鳴らした。

「行くとこあって、えがったなぁ。したども、警察予備隊だと思えば、すぐ保安隊だものな。して、こんだぁ自衛隊だってか。国のために軍隊は要るど。なんたってアメリカだば、太平洋のまん真ん中で水素爆弾の実験やってるんだ。日本はコレ知らねえではすまねぇべ。朝鮮だって三十八度線だべし」

じぃ様は祖母と話をしに来る。じぃ様と祖母は兄妹。どっちも連れ合いを亡くしていた。

じぃ様は大声で難しい話ばかりする。正座をして挨拶をしないと雷が落ちる。出れば、オイ、コラ、だ。味噌つけて食うどぉと言われるのは一番うれしくなかったが、自衛隊の話をするときは上機嫌だった。だから、私もいい気分になれた。

＊

自衛隊に入った芳之助は帰省の前に電報をよこした。折りたたんだ小さな紙には、

『○ヒ、カエル　ヨシ』とあるだけだったが。

……戦時中、村は優秀な馬産地だったぞ。この家では三疋も四疋も馬を供出したぞ。夏は村の草刈場さ連れていって、放して遊ばせた。馬は走って丈夫になる。戦地で軍の荷物を運ぶ。芳之助は誇らしげに馬の話をしてくれた。

……草刈場では若い「兄コ《あん》」も「オンチャコ」も、住み込みの若勢も一緒になって裸馬を走らせた。みんな真剣だった。日暮れは馬を取りに行って川で水浴びさせてなー。

ああ、あの草刈場。鬼百合が咲き、風が青草の匂いを掻き立てる。あそこを走ったんだ。男だったら私もオンチャコたちに混じって、草の中を走っただろうなと思った。

山口県のお土産は大きな銅鑼焼きとふぐちょうちんだった。ふぐは本物なのに魚臭く

ない。ふくらんだ大きな腹を潰したら大変。私も目を見開き、口を尖らせてふぐを見る。こんな珍しいものを買ってくれる芳之助は、いよいよ私の自慢だった。

大きな家のじぃ様と祖母だけではなく、父までも、芳之助を話題にするときはにこやかだった。航空自衛隊は、ますます重要になる。日本はいつまでも昔式の戦争をしてはならない。米軍と共同で戦闘機を導入する。地球には日本を狙う敵国がある。芳之助は難しい試験に合格したし、やがて幹部となる……、そんなことを話していた。じぃ様は、芳之助は日本男児だ、がんばるべぇ、とくり返した。聞きながら、私だって勉強して試験に合格してみせると真剣に思った。試験とは何のことかも知らなかったが。

芳之助が二回目の帰省をした冬のことだ。

「ほら、松とユズリ葉だ」父とは違う張りのある声が土間から聞こえる。

「ユズリ葉か、まんず立派だ。おや、五葉松だねか。芳之助や、よく見つけたなぁ」

祖母の声がやわらかい。

「なーに、ある所を覚えていたからさ」

「この雪の中から、よく採ってきてけだなぁ」

「なーんも。カンジキあれば平気だ」

早くも正月がきたようなにぎやかさだった。

「ケーキ、おいしかったねえ」

土間の声に負けまいと、私はストーブのそばでタマエに言う。

「ほんと、ほんと」

姉二人が同時に返事をする。私はさらに声を張り上げる。

「私なんか、いつかぜったい、デコレーションケーキ丸ごと食べるんだもんね」

すると、腹這いになっていた妹のユミコがガバッと起きて、私を不思議そうに見る。

私たちにとって生まれて初めて口にしたクリスマスのデコレーションケーキだった。芳之助は長旅の果てに、秋田の駅前でケーキを買って帰省したのだ。

赤い包装紙を開くと、まっ白な箱があった。深いふたを持ち上げると、絵本で見たのと同じケーキがあった。ケーキの上にはピンクのバラの花がふたつ。仁丹のような銀の粒が散らしてあって、砂糖で作ってあるから食ってもいい、と芳之助が言う。チョコレートでメリークリスマスって書いてあるんだぞと、英語の発音をした。その場の全員が叔父のひとこと、一言に歓声を上げて説明を聞いた。

居間の隅には、父が山から切って来た、モミの木とそっくりというドイツトウヒの大枝に、色紙で作った星や鎖やリボンの飾りを吊り下げて立ててあった。七夕飾りとの違いは、母にもらった着物綿をほぐした雪が乗っていることだ。クリスマスツリーを作るだけでも私たち姉妹は何日もはしゃいでいた。三日遅れだが、デコレーションケーキまであった。両親と祖母、姉二人と私、妹と叔父の八人で分けた。白いクリームがついたフォークを丁寧に舐めながら、私はますます芳之助が大好きになっていた。

翌日、朝食が済むと、父は芳之助に手伝わせて馬屋の敷き藁を入れ替えた。

馬にも正月が来る。

馬糞が混じり、尿が沁みこんだ古い敷き藁からは湯気が立つ。一つ家で暮らす馬だ。だれも臭いとは言わなかった。

父と叔父は働きながら大きな声でやりとりをしている。

「そうか、いよいよ耕耘機を買うのか。そうだなあ、これからは機械だなー。したって、馬は離さねぇべ」

「そうだ、肥は、馬さ踏ませねぇばなんね。冬は橇引くにも馬は要る」

「だけどさぁ、これからは化学肥料の時代が来るって言うねか。一家に一台、トラックがある時代が来るっていうけどな」

「アメリカでもあるめぇし、トラックはねぇな。馬は離されねぇべ」

「いずれは、日本の農業にも、アメリカみたいに人も馬も要らなくなる時代が来るって。嘘ではないと思うなー」

私は聞き耳を立てながら、ストーブのそばで、今日中に片づけるようにと母に念を押されていたクリスマスツリーを眺めていた。

「アーメンがいつまでもあれば、正月の神様が来られねぇべ」と言った母。せっかく張り切って作ったツリーを壊すのが惜しくて仕方がない私。どんなに工夫をこらし、派手たつよう飾ったことか。姉たちは「一番多く吊り下げた人が片づけるんだよ、なー」とユミコをつれて居間から出て行った。色紙の星や鎖の飾り物を取り去れば、ツリーと呼んだものが、ただのかまどの焚き付けになるだけだ。

その午後に、母の実家から母の末の弟、玄太郎が暮れの届け物をどっさり背負って訪ねてきた。台所で母と小さな声で話していたが、帰り際にガラス戸越しに私を手招きした。

「芳之助さん、帰ってるんだか」小さめの声で訊く。

私がうなずくと「ゆっくり休みがあってええなぁ」とだけ言うと、遠い雪の道を再び歩いて帰って行った。その姿に、吹雪でも雨でも、連なって国有林から材木を運び出す荒い馬車ウマたちを連想し、あの玄太郎は負けない人だなー、と子ども心に思った。玄太郎は高校にも大学にも行かなかった。芳之助と同い年だと聞いていた。

玄太郎が背負ってきた大きな荷を開くと、『あっちの祖母』が夜なべ仕事で編んだ藁沓が出て来た。へドロッコと呼ぶ大人用突っ掛け雪沓三足。子ども用のサンぺッコと呼ぶ長沓三足。新しい藁沓はホコッと足に暖かい。これは手間のいる大変な仕事だどぉと、父は毎年手放しでほめて子どもたちに言い聞かせていた。

翌夏、三度目に芳之助が帰省したときは、父の三人の妹たちがそれぞれ三人ずつ子連れで合流した。家の中はどこも子どもだらけで、三部屋続きの広い座敷から居間、台所、裏の便所まで、どこにでも出没する。座敷に卓を出して食事をする。叔母たちは座って動かない。食器を並べたり、おかずを運んだり、給仕もあと片づけも私たち姉妹の仕事だった。

客たちは布団を並べ、糊が新しい客用の蚊帳《かや》を二つも吊り、蚊帳越しに話しながら寝た。起きても寝ても大にぎやかだ。子どもが座敷を走り回るなどは、私たち姉妹には思いもよらないことで、たまげて見ていたものだが、二泊して、みんな同じ時間に帰って行った。

母と姉たちは食事の支度からは解放されたものの、あとの片づけものはキリがないとこぼしていた。

＊

夏休みの残りが幾日もない頃に、母が一つ山の向こうにある隣村の実家に、私と妹を連れて行ってくれた。私もどこかに泊まりたい、お客さんになりたいと、ねだっていたからだ。

私の祖母は、『あっちの家』と呼んだが、あっちの祖母は、瀬戸物の大鉢に米の粉と砂糖、卵、水を混ぜ、すぐに始められるように待っていてくれて、私たちが到着するなり、せんべいを焼き始めた。七輪に乗せた小さな四角い鉄板に、木杓子ですくったなまい粉をポタっと落とし、片側の鉄板で押し合わせて待つ。焼けるにつれて良い匂いがする。

「あ、そうだ、阿弥陀餅も作ってある。そっちを先に食べれ」

祖母が思い出したように言う。黒砂糖をどっさり入れる餡ころ餅があっちのやり方だ。

我が家の甘さとも違う。私とユミコはおかわりをした。

日暮れ、ユミコは「家さ帰りたい」とべそをかいた。そんなユミコをなだめて玄関先に出ると、見慣れない景色の夕焼けがあった。カラスの声もする。ユミコはいつまでも、帰りたいとぐずるので、母も困っている。なんだ、せっかく泊まりに来たのに、ばかーと、私まで苛立った。

家の中に戻ると、風呂から上がったばかりの祖父がどっかりと私とユミコの目の前に座った。それを見てユミコは「こわい」と声を上げて泣いた。

祖父は裸に越中ふんどし一枚だったから、あぐらを組むと、ゆるく結んだふんどしの中身が丸見えだ。家でも見たことのない異様な姿に私まで身体がこわばる。泣く妹と黙る私。母は離れて座っているだけ。

立ち上がった祖父は、向こうへ行ったかと思うとまた裸で戻った。

「ほうらサナエ、ユミコー。カラピッピだどー」

祖父が、しぼんだ頰を丸くして赤いゴム風船を膨らます。「カラピッピ」の呼び方がおかしくて、私は声を出して少し笑った。

「吹いても鳴らない、からのピッピだどー」祖父がユミコに教えている。おかしい名前、と思いながら、風船ほしさに私も手を出した。祖父は先にユミコめがけて風船を飛ばした。風船は宙返りをしてユミコの前にしぼんで落ちた。ユミコはすぐに拾って自分の口で吹いていた。

翌朝、早起きした私は玄太郎について川へ向かった。ゴロ石ばかりの河原に着くと、玄太郎は川原の石ころの上にズボンを放り投げ、ふんどし一丁で川に入ると、柳の下から竹で編んだ細長い「ド」を取り出した。雫を垂らしながら私の前に持って来て、逆さに振ると、バケツに向かって小魚が跳ね落ちてきた。

「ホレ、見ろ。フナだべ、ドジョウだべ、ギャンベロだっ。ひぃふぅの、みぃの……。いっぺぇだ。かんじょうしてみるか」

バケツに手を突っ込んで歌うようにすくい上げる。雑魚たちはおとなしくその手に乗って、跳ねるだけで、逃げていかない。

ギャンベロだって。おもしろいなぁ。大声で笑った。よく見ると頭がいやに大きい。

「なんだ、これはおらほのゴリだねか」

帰る道みち、これはカントン豆。東京さ行けばナンキン豆だな。あれはコンニャク、そっちはソラマメ、こっちはセロリ。臭ぇども栄養があるどぉ……。玄太郎は我が家の畑にはない野菜ばかりを指差す。私はカントン豆の花の黄色、ソラ豆の花の薄紫を眺めながら、濡れたふんどしの上に乾いたズボンをはいて歩く玄太郎が不思議でならなかった。英語のうたも歌わないし、ポマードもつけていない。それで何でも知っている。

西瓜畑では、もいだ西瓜を私に持てと言う。西瓜を食べる、と喜んだものの、抱えて歩くには重過ぎた。数歩でしゃがんでしまうと「力がねぇんだなー」と、あきれたように笑うと、魚の入ったバケツを下げ、もう一方の腕を巻きつけるように西瓜を抱えて歩き出した。手ぶらの私はうしろからついて歩く。

「よーぐ見て、転ぶなよ」段差のある細道で、玄太郎は何度も振り向いてくれた。

朝食には、獲物の雑魚《ざこ》の入った味噌汁が出た。さっきまで水中で生きていたのが「つ」や「く」の字で椀の中にいる。舌にジャリつくギャンベロをよく嚙んで飲み込んだ。おいしくはなかったけれど、やっぱりゴリの味だった。我が家では、朝一番先に仏さまにお膳を供えるから、魚は味噌汁に入れない。母の生まれた家にも大きな仏壇があるのに魚を食べてもいいのかなと、口には出さないものの心配だった。

もいだばかりの西瓜が食後に出た。クリーム西瓜といった通り、黄色い色をしてクリームパンのクリームのような味がすると思った。黄色い西瓜は初めてだ。井戸で冷やさなくても冷たく甘かった。

玄太郎叔父はドングリ目をグルグルし、口を尖らせてものを言う。伸びた癖毛は梳かしたあともなく、開け放った窓から射す朝日の中で、川にもぐった頭はもう乾いていた。特別に日に焼けた顔、大きな背丈、肩幅の広さ、どれもなぜか私を震えあがらせるのだ。

嫌いというわけではないが、好きとは思えなかった。父の末弟の芳之助は顔も雰囲気も、
玄太郎に比べたらうんとやさしいのだから。

あっちの祖父母や母は、末っ子でも長男だから、玄太郎を「兄ぃ」と呼んだ。

「兄ぃ、また珍しい西瓜植えたもんだな」母がまぶしそうに玄太郎を見上げた。

私は黄色の大きな一切れを皿に確保し、その上に、手に持った一切れから汁を滴らせながらかぶりついていた。前の日の夕方、長い間泣きじゃくっていたユミコも、クリーム、クリームとはしゃぎながら西瓜の種を吹き出している。

「自衛隊のオンチャはもう帰ったかい」

さっきまでの正座をあぐらに崩した玄太郎が聞く。私は深くうなずいた。

「自衛隊みてぇだものなぁー、今更なんだってなぁ……」

いきおいを付けて、玄太郎はことばと一緒に種を出す。

「コレッ」

すかさず母が制する。

祖父も祖母も、当の玄太郎も一瞬、動きを止めて顔を上げた。

窓の前には、テラテラと蠅取りリボンが下がっている。新しく抜き出したばかりだ。かすかに風に揺れたと思ったところへ、飛んできた一匹が瞬間に張り付いた。

「まだ戦争をやりてぇ……。朝鮮戦争で大儲けしたからな。自衛隊は忙しいべ」

「コレッ、キョーサントはやめてくれよなッ」

母の言葉の調子がいつもと違う。私は聞き逃さない。

「キョーサントってなんだの？」

「ほれ、みてみれぇ、もう覚えて……」母は私をにらみつけた。

「オレは今、ひとっことも共産党なんて言ってねーべ。戦争やりたい者がいるって言いかけただけだべしゃー」

また私は口を挟んだ。

「戦争は終わったよ」

ほとんど皮になった西瓜をしつこく前歯で掻き取りながら、知ったように私は言う。みんなに「お前は戦争が終わってから生まれたんだよ」と教えられたが、実際はセンソウという響き以外の何も知らなかった。

「戦争は、終わったとは言わねぇ。負けたと言うのが正しい」

玄太郎は手に持った西瓜から汁をこぼしながら立ちあがると、そのまま向こうに行った。外に出たのだろう。下駄の鳴る音がした。黙々と太い指先で西瓜の種を取っている祖母に向かって母が愚痴る。

「ああいうことを言ってもらいたくねぇから、上のふたりは連れて来たくねぇんだ、わかったべ？　大学卒業して、オンチャは自衛隊さ入ったし、よー」

「ンだなー。兄ぃから聞いたどって、ワラシたちがしゃべれば、『思想』諦めてねかったってまたやられるしなー」

祖母が深くうなずいた。それから私をチラリと見て、膝の上に置いた肘で上体を支えたひどい前かがみの姿勢で、母と言葉を交わしている。

西瓜に満ち足りていたので、私は外に出た。

玄関前の大きなイチイは形良く鋏で樹形を整えられている。花壇では、オダマキが下を向き、キキョウが横を向き、それぞれの紫色に咲いていた。

母の生家には、珍しいものが数多く植えてあった。古井戸の上には黄緑のナツメが小さな卵のように下がっていたし、皮が緑なのに、かじると中がまっ赤なスモモもあった。蕾をつけたユリが畑の畝に並んでいて、食用だと言った。秋の山で枯れた花殻を探し当て、土深く掘って食用にすることしか知らない私は、「花を切り捨てて育てた球根を食う」と聞いて驚いた。玄太郎は賢《さか》しい人なんだと思った。

＊

「おい、いいもの見せてやろ。ついて来い」

昼休みだ。兄ぃの玄太郎は下駄を鳴らして行って、土蔵の扉を引き開ける。重い音だ。履き替えた藁草履でずんずん階段を上っていく。私も藁草履で付いて行く。足の裏がひんやりする。途中から四つん這いになって、慣れない階段を昇りきると、「これ見てみろ」と、数冊の本をバサリと放り投げてよこした。教科書のようだ。

漢字とカタカナの文に少しばかり挿し絵がある。さっそくめくったあちらこちらに黒い墨が塗ってある。突然、言い知れぬ不安が湧いてきた。ページ全体が墨とわかる色でまっ黒になったところもあれば、数行だけ黒いのもある。筆先が割れたのや、筆跡の勢いがいいのも、歪んだのもある。

「これでは勉強できないよ」

「んだ。できねぇな」

「いたずらか……？」

「ちがう。よーっく見れ。いたずらでねぇ。これが戦争に負けたと言うことだ」

「墨塗る前に習った人は、覚えてしまったこと、消されねーべ？」

「おっ、おまえはいいこと言うなー。賢しいな。前の年に全部習った者と、今年消した者は、さあ、なんとする。誰も責任とらねぇ。なんともされねかったんだ。オラだ、勉強する時間がねぇ、これも嘘だ、これも間違いだって、消すほうが忙しかったんだぞ」

「消したら、こんだぁ、なに習うんだ……？」

「なーんも習わねー。先生だって、なに教えればええか、わかんねぇだ。町の子どもたちは教科書全部没収されたもんだってよー」

「ボッシュウてなんだ？」

私は何でも尋ねた。玄太郎はちゃんと答えてくれた。知らないことを知るのは、賢しい姉たちに近づくようで楽しかった。

「な、戦争前は教科書さ嘘ばっかり書いてあったんだ。学校の先生、本当でねぇこと教えたんだ。お国のために戦えー、敵を殺せー、手柄たてて来いって、な。死なねぇで戻った者は悪く言われたんだぞ。ええか、戦争負けてからだぞ、死んではなんねぇ、殺してもなんねぇって言えるのは。これからは自分で判断する能力と勇気がいる。オレは新制中学よりも上の学校知らねぇ。なんも知らねぇ。したども自分で考える。わかるまで考える。書いた物をよーく読む。今は好きなだけ野菜作りができる。オレは戦争には絶対反対する」

次第に鋭くなる早口に、私は質問ができなくなった。いつか祖母と長姉のミツエが台所で〈あっちの兄ぃ〉の悪口を言っているのを聞いて以来、玄太郎は怖い人だと思っていたが、やはり、怖いのかもしれない。

母の生家の土蔵の二階で触れた空気は、我が家にはないものだった。

「さあ、オレは昼寝する、お前は帰れ」

玄太郎は大あくびをしながら入り口の方に向けてあごをしゃくった。古い藁草履の湿り気と共に私は階段を一段ずつ降りた。涼しい風が階段を通って、明り取りの窓から抜けて行く。ぶ厚いまっ黒な鉄板を腰板に張った重い金網の扉を、両足を踏ん張ってやっとの思いで開けるとき、金網の目を抜ける、人の息のような風の音を聞いた。外に出て空を仰ぎ、近くの木の枝を見た。風の気配はない。地面が焦げるような暑さがあるだけだった。私は足早に土蔵を離れた。

兄ぃと二人で土蔵に入ったと知れたら、きっと母にとがめられる。玄太郎が話したことは誰にも聞いてはならない『キョウサント』かもしれない。

家には入らず、私は鳳仙花の咲く花壇に来ていた。鳳仙花は触るだけで種をはじき飛ばし、めくれ上がった殻だけが残る。種は黒い土に落ちれば探し出せない。春になれば勝手に芽生える。あの黒い教科書には何が書いてあったのだろう。勉強した人はまるで鳳仙花の種だ。覚えていても忘れていても、いつか芽が出たかも知れない。なぜ読めないようにしなければいけなかったのだろう。戦争に「負けて」九年もたつのに、なぜ私に見せたのだろう。戦争が「終わった」とだれもが言うのはなぜだろう。私はいくつも鳳仙花の種を飛ばしてみるのに、答えになりそうな言葉がない。

油蟬の声は止み、風すら吹かない。家も畑もナツメの木も透きとおるように静かだった。少し涼しくなって、母とユミコと私は、あのせんべいをどっさりもらって、三時過ぎのバスで戻った。

茶色い馬が耳をまっすぐ前に向け、目を見開いて、帰った私たちを見ていた。馬の背に乗ったときには、しきりに警戒して耳を回したのに。

馬が怖がる。お前が怖がってはいけない。芳之助はくり返し声を張り上げた。馬が警戒していると聞いて、余計に私はおびえていた。二日ぶりに見る馬は平然と耳を立て、虻を追い払おうと尻尾を振る。その馬の上を、燕が飛ぶ。大きくなった子燕たちは、もう虫捕りを習い覚えたようだ。

母と妹と三人でたった二日間を留守にしている間、私は芳之助のことを忘れていた。航空自衛隊って、どんなところだろう。ヤマグチケンホウフシのキチは地図にはない。東京よりもはるかに遠い。正月にも戻るからな、と約束をした芳之助は、小さいときからたくさんのことを教えてくれた。だが教科書に墨を塗ったことは話してくれなかった。戦争をするために自衛隊に入ったとは言わなかった。

母の生家にはあれ以来遊びに行かなくなった。実のなる木や珍しい野菜が見たいと母に頼んでも、そんなことーと、言うだけで許してくれなかった。

父は、玄太郎にまた縁談を世話したと姉のミチヨから聞いた。

それまでも何度か見合いを試みたが、オレにはその気がないと言って逃げられていたらしい。

「見合いしたって共産党員なんかに来るものいねぇべ」

私がしつこく尋ねたから、母はため息まじりの小声で話してくれた。

なんでも解説をしてくれるミチヨも、玄太郎の共産党についてはひと言も触れたことがない。知らないのか、それとも〈言うなよ〉と母に口止めされていることを守ったのか。ただ、「兄ぃは嫌いだよ、ヘンな人だから」と横を向いたことがある。その理由を聞こうとくり返し問いただした。

「それなら言ってやる。この前、うちに来たとき、『ミチヨ、これ読んでみろ』って、持ってきた本があるんだよ。それ、なんだと思う？　『アンネの日記』だよ。男のくせに、いやらしい」

中学生になっていたが、私は『アンネの日記』を知らなかった。いやらしいと聞いて急に、読んでみようと思った。

＊

昭和四十年代の半ばごろ、私は就職をして大阪に来た。

ときどき、父や母が故郷の様子をハガキに書いてよこした。そのつど、私はハガキをそばに置いて、暗誦するほど読み返していた。ある時、母はハガキのおもてに、思い出したようにたった一行書き足してあった。「博労がきて馬を連れて行った」と。

あの家に馬はもういない。こうして世の中が変わっていく。私にとっては大切な馬だった。歴史の一場面をわずか一行で書いてきた母のハガキを、次の日もその次の日も読んだ。

やがて私は結婚し、母親となった。

息子たちが大学生と高校生になったとき、淡路島を震源地としてとてつもない大地震があった。家の中が散乱した中で「私たちは無事だから」という電話をとってくれた父が、そのあとの春彼岸に亡くなった。八十三歳だった。息子たちに留守番を言い付けて、夫と私は秋田に飛んだ。母が亡くなったときよりもつらかった。降り積もる淡雪を踏み、小石混じりの凍った黒土深く父を葬った。

その夜、石油ストーブがまっ赤になってもまだ寒い座敷で、芳之助を上座に一族が集まっていた。

自衛隊の定年を前に早期退職をし、銀行に再就職をしていたそうだ。世をあげたバブルがまだ続いていた。鷹揚に構えたフォーマルスーツ姿の芳之助は周囲の空気を圧倒していた。どっしりとした体軀に、父よりは一回り以上も若く、父の唯一の男きょうだいという点で一族の信頼を一身に集めた感があった。眼鏡越しに睫毛の長い叔父の目。それでもまぶたは弛み、白目は充血していたが、幼いときからこの叔父を敬い、慕っていたのは間違いではなかったと確信した。私は四十九歳になっていたが、約四十年の芳之助とのブランクがその場で消えた。川に入って行く馬の水しぶきや威勢のいい掛け声が聞こえる舞台を、劇場のS席から観ている気持ちだった。

それからわずか三カ月後、芳之助の脳梗塞の知らせが入った。

前職の地位と人脈を当てにされただけのこと、銀行なんか、病気になったら使い捨てだよ。人間、明日のことなんかわからないもの。かなり重いらしいよ。肝臓もやられててぇ。これは過労だよ。

実家の跡取りとなった長姉ミツエの声が受話器の中で延々と続く。くり返す発作で病状が好くない方に進んだ。何度目かの退院を聞いて、私は義理の叔母に「必ずお見舞いに行くからね」と電話で約束をした。そばで励ましたかった。なにより、父に続いて芳之助を失いたくはなかった。

夏休みを待って札幌郊外に見舞いに行った。

飛行機は、万年雪の山なみを超え、鋭利なナイフで刻んだような海岸線をなぞって北上する。私は小さな窓にしがみつき、眼下を眺め続けた。そうしなければいけないような気がした。これから現実の厳しさに直面するという気負いの中、ゆっくりと青空を見ている場合ではないと思ったのだ。大阪から向かう札幌の遠さは、馬に乗せてもらった昔と、大阪で暮らしている今との時間の堆積でもあり、芳之助が帰省するたびに妹と指でなぞった秋田県と山口県との間の鉄道線路よりも長かった。

これがあの芳之助か。

言葉を失い、右半身が不随となり、感情のコントロールもできない。顔を紅潮させて私を見つめ、ボロボロと涙をこぼすだけだ。

「おじさん、サナエです」一呼吸おいて、私は自分に(落ち着け)と言い聞かせた。挨捗の途中で、「あ、オシッコ、ね」と叔母がいきなり立ち上がる。だが、トイレに着くまでの間が持たない。廊下に新聞紙を重ね敷いてあるのはそのためだった。

「ごめんね、尿瓶もパッドも嫌いみたいで。悪いわねぇ、サナエさん。新聞紙の上を歩かせていやでしょうけど」

叔母は眉根を寄せ、節の目立つ指で口を覆いながら、モゴモゴとくり返した。

狭いトイレに身体を屈めた叔母は、顔を叔父に向けて何度も聞く。

「もういい？　もう出た？」低い声が狭いトイレ内に反響し、開け放ったドアを抜けて廊下から、私がいる部屋まではっきりと聞こえてくる。

いたたまれなくなって私は外に出た。北海道の初夏だったが、庭先に咲く痩せたヒヤシンスの不ぞろいから、手入れがされていないことを知る。来てしまったことを私はひどく後悔し、翌日には帰ろうと決めた。

＊

秋田空港からのバスに揺れながら、まっすぐに私の生家に向かうよりも、母の生家に寄って玄太郎に会いたいと思った。玄太郎は、いつでも芳之助の対極にいた人だ。

「党員の頃はよー、オレも嫌われたもんだったなあ」

作業服姿の玄太郎は合成皮革を張ったソファーの上であぐらの足を組みなおすと、まっ黒な頭をボリボリと掻き、豪快に笑った。私が髪の毛を注目していたのに気づいたのか、「染めてないぞ」と子どものように口を尖らせる。大きなかすれ声は〈兄ぃ〉の頃と変わっていないのに、なぜか祖父の声にもそっくりだった。

「野菜も米も昔どおりの有機栽培だど。目標は無ゥ農薬だども、実際は惜しいところで『無ゥ』にはならねぇんだな、これが」

『無ゥー』を強調する。

「したから減農薬だ。ホレ、おかげで髪の毛はまっ黒だべぇ」

首を前後左右に振って見せる様は無邪気なものだ。私の母も、〈あっちの〉祖母も、最期まで白髪がなかったことを思い出せば、主義と毛髪は関係ないのだが。

玄太郎は大阪で暮らす私の家族が元気でいることを喜んでくれた。

「ところでなー、あの自衛隊のオンチャ、具合が悪いそうだけど、なんただった？ オレと同じウマだどぉ。まぁだ死にたくはないべよぉ」

日に焼けて若い日と同じ顔色だったが皺は深く、私を見つめる眼光はいっそう鋭かった。

馬が不在となって建て直した家で、馬屋だったあたりは鶏小屋になっていた。

「そうだった。黒い馬がいたね。大きくてやたら強そうな黒馬で」

「んだ。元気のええ馬だったなー。あれはオレよりも先さきと行くやつだった」

幼い日に、芳之助が帰省し、父の妹たちも子連れで泊まりに来てにぎやかだった夏も終わる頃に、母と私と妹のユミコがあっちの家に泊まりに行った日だった。突然聞こえた、ダーダーダーッと強く馬をいさめる声に、下駄を引きずりながら出て見ると、玄太郎が馬に荷車をつけている最中だった。ああ、この家にも馬がいたんだ。あの黒い馬は、暴れて怖い馬に違いない。だから今、兄ぃが大きな声で叫んだ。その点、うちの馬は茶色いからおとなしいし、うんと賢い。この馬は鼻面がほんの少し白いだけで全身まっ黒でちっともかわいくない。これでもちゃんと働くのか。

馬の色で、幼い私はひとり、おとなをまねた馬定めをしていた。馬のうしろにはすでに荷車が繋いであった。私の父よりも、芳之助よりも、玄太郎は動きが素早い。いや、素早くて荒い。太い腕の筋肉がすごい速さで丸くなったり伸びたりしていた。

昔むかし、そんな馬がいた。どこを見回しても、今や馬耕用の道具ひとつ見当たらない。その辺には艶のいい茶色い鶏が走り回ったり、土を掻いたりしていた。

「どうだ、うまそうだべぇ」

ニヤリとしながら素足にサンダルを突っ掛けた玄太郎がいる。金網を張り渡し、大きな蝶番のついた扉をいったん押して手前に広げると、鶏が外で砂浴びや日光浴ができるような仕掛けになっていた。

「柿やスモモの木の下さ連れて行って放し飼いもする。したから、オラ家のなり物は旨ぇ。こんど柿を食いに来いよ、なー」

振り向くと、いつの間に来たのか、叔母が立っている。

玄太郎が自分で選んだ連れ合いだ。祖母とは性格が合わなかったらしいが、よく働く人だと聞いていた。いくつになってもよく笑い、よく歌う、気楽な人らしい。手に提げたカゴには採ったばかりの茶色濃淡の卵があった。玄太郎は菓子箱に籾殻を敷き、ひとつずつ卵を埋めて私に持たせてくれた。

「かならず、大阪に持って行くだどぉ」

バスに乗っても、もう一度大きな尻上がりの声が背中に響いた。膝の上で私は卵の箱をしっかりと抱えていた。

＊

幼い日々に触れ合った二人のウマ。

近づいたり離れたりしながら、私は多くのことを学んでいた。好奇心を持つこと、挑戦すること、深く考えることなどを。

ただ私は、都会に出てからは田舎者と嗤われたくなかったばかりに、寝る時間を削り、かなり無茶な仕事をしてしまった。その結果、六十歳前後に病気をくり返し、周囲に心配や迷惑をかけた時期がある。

今なら言える。

これこそ、ウマたちが私の中に生き続ける証拠だ、と。

*

あとがき

五人姉妹の長姉・捷子は「……の……の家は、昔は山が……にあった。……鉱山には、家の跡がある。……が……して……した。長男は……、孫は……だよ。弟は……で……」と、ひとたび話し始めると尽きることがなかった。どうしてそこまで詳細に覚えていられるのか、三女の私は不思議でならなかった。「書いて残せばいい」と勧めると「書くより覚えるほうが早い」と言った。

それをもとに小説にしてみたいと私が言ったとき、「小説は半分嘘を書くから面白くない。だけど教えてあげる。本になったら読んであげる」と笑った。話がはずむと、メモを取る手が追いつかなかったことも再々だった。何年かして「いつ本できる?」と聞かれた時は、答えられなかった。

私たち姉妹は五人みな同じ小・中・高校を卒業した。私が小学校に入学すると中学生になった捷子は、小刀で鉛筆を削ってくれたり、宿題を教えてくれたりした。母に代わって赤いセーターを編んでもらったときは、うれしくて誇らしくて、会う人ごとに説明したものだ。私たちは顔もよく似ていた。私は彼女の真似をして髪を三つ編みにした。そのせいか、知らない人から一度ならず「捷子さんの妹？」と訊かれた。高校では先生たちに「お姉さんはよくできたのに——」と、なさけない顔をされると私はつらかった。なにしろ捷子は首席で卒業しながら大学には進ませてもらえなかったのだから。

昨年夏にも秋田に行ったが、本のことは言えなかった。

その暮れに、姉は逝ってしまった。

年明けて、東北地方を寒波が襲った。テレビで吹雪や大雪を見るたびに、私の中を北西風がはげしく吹き抜けた。

春先に、ようやく心が決まった。

涸沢純平氏のあたたかい励ましのおかげで、一周忌を前に姉・捷子との約束をようやく果たせることとなった。心より感謝申し上げます。

二〇一六年　晩秋

鎊　雅代

初出一覧

くちどめ　「樹林」448号　二〇〇二年五月

寒さの夏は　「森時計」創刊号　二〇〇三年三月

花《はな》風車《かざぐるま》　「森時計」4号　二〇〇六年三月

エゾヒガンザクラ　「森時計」7号「土の中」改題　二〇〇九年三月

庚申《こうしん》様の松　「二人誌半月」2号　二〇一三年十一月

ウマの系譜　「二人誌半月」3号　二〇一四年七月

錺　雅代（かざり・まさよ）
1946年 秋田県協和町（現 大仙市）生まれ
1968年 秋田大学教育学部卒業
1999年から2006年まで、大阪文学学校在籍、修了
2003年から2012年まで、「森時計」同人
2002年 「くちどめ」第22回大阪文学学校賞受賞
2003年 『カタンコ・ションピコ・ガザの花』
　　　　編集工房ノア
2006年 『語りの時間』共著大阪ボランティア協会
2013年３月 二人誌「半月」を瀬戸みゆうと始める。
2013年 『玉手箱をひらく』
　　　　淀川区ハウリーダー昔話教室

寒《さむ》さの夏《なつ》は
二〇一六年十一月二十六日発行
著　者　錺　雅代
発行者　涸沢純平
発行所　株式会社編集工房ノア
〒五三一―〇〇七一
大阪市北区中津三―一七―五
電話〇六（六三七三）三六四一
ＦＡＸ〇六（六三七三）三六四二
振替〇〇九四〇―七―三〇六四五七
組版　株式会社四国写研
印刷製本　亜細亜印刷株式会社

ISBN978-4-89271-264-7

カタンコ・ションピコ・ガザの花　錺　雅代

ふるさと秋田。自然と人がひとつになり、みな生気にあふれていた。全部が遊び場だった無限の時間。四季の花々となつかしい暮らし。　一八〇〇円

棚の上のボストンバッグ　瀬戸みゆう

第19回日本自費出版文化賞小説部門賞受賞　父の姿、母の声、祖母の背中。周防大島、宮本常一の島のいとしき人びとの生と死の雅楽。　二〇〇〇円

夫の居る家　瀬戸みゆう

退職後、周防大島で私の生家を継ぎ生活することになっていた夫が、目前に亡くなる。夫の決まり文句と妻の冷静な観察が哀しき夫婦漫才。　二〇〇〇円

スコール　瀬戸　俊子

雄大なアマゾンの流れ。スコールと灼熱の太陽。ブラジル・マナオスの日本人社会。日本人学校派遣教師の妻で、音楽講師もした私の滞在記。一八〇〇円

象の消えた動物園　鶴見　俊輔

私の目標は、平和をめざして、もうろくするということです。もっとひろく、しなやかに、多元に開く。2005～2011最新時代批評集成。二五〇〇円

わが敗走　杉山　平一

〔ノア叢書14〕　盛時は三千人いた父と共に経営する工場の経営が傾く。給料遅配、手形不渡り、電車賃にも事欠く、経営者の孤独な闘いの姿。一八四五円

表示は本体価格

少年の火　木辺　弘児

脳裏に刻まれた終戦前後、少年期の記憶を凝視し追いつづける。ミステリアスなプロット、緻密な文体が独自の現実を提示（神戸新聞評）。　一六五〇円

ラスト・パントマイム　木辺　弘児

ハイテク巨大都市にしのび寄る頽廃と終末感、ヘドロの中から現れた原人間、明日を直覚する女と子供、近未来の予感を描く長編。　二二三三円

海ユリの時間　木辺　弘児

石灰岩にこもる記憶を受け継ぐ男女が、タブーの山で目撃した集団労働の意味とは？〈徒労〉という人間存在の原形を描く長編。　二一三六円

無明銀河　木辺　弘児

崩れ残った病院と壊れた男、女たち。虚無と癒しの間に揺れるその内面を、時の深みへ遡行して追う。生と死の対話。震災文学の長編。　二〇〇〇円

不機嫌の系譜　木辺　弘児

自虐　果てしなき迂回　と記した父の詩。漱石「坊っちゃん」のたぬき校長、祖父・住田昇日記の発見。とらえがたき肉親の深層に分け入る。　二〇〇〇円

日々の迷宮　木辺　弘児

異才少女にすべてを見透かされ、平凡な技術者から文学へとのめり込む、僕と少女・キリコとの黙示の関係。彷徨と幻想の合うラセン小説。　二〇〇〇円